잔소리
✚ 약국

"미안해요, 내가 완벽하지 않아서."
"누구도 네게 완벽해지라고 한 적 없어. 다정하기만 해도 돼."

— 영화 〈레이디 버드〉에서

소중하지만 성가신 엄마에게

차례

11   약국 문을 열며

1부   **하루하루 소화하기**

17   아무도 몰랐다
20   그날 밤
23   사는 재미
28   소중하지만 성가신
33   K-장녀와 K-장남의 둘째 딸
39   출퇴근 전쟁 Part 1
46   출퇴근 전쟁 Part 2
52   두 배가 아닌 2의 2승
59   할 일이 없어서 저래
63   점심은 먹고 싶지 않습니다

2부   **내 인생의 복약지도**

71   '박카스'는 피로회복제가 아니었으니
79   '까스활명수'든지 '까스명수'든지
85   '컨디션'을 부어라, 마셔라
88   '신신파스'와 '케토톱', 이민자의 만병통치약

95	우루루 사 먹어서 '우루사'인가
101	'에프킬라'냐 '홈매트'냐, 그것이 문제로다
106	메이퀸도 '메이킨'이 필요하다
110	'타이레놀'과 '타세놀' 사이에서
114	'후시딘'도 '마데카솔'도 소용없을 때

3부 작용과 부작용

121	약국의 히어로, 셔터맨
126	마스크 대란이 남긴 것
132	약국에 오는 이유
136	카카오맵 평점 1점
141	넌 대체 무슨 일을 해?
151	다 무너질까 봐 벨트를 합니다
155	약국 옆 한정식집
159	배운다는 것
165	그 모든 '스페셜'한 순간들
175	엄마, 약 좀 그만 팔아

183	**약국 문을 닫으며**

약국 문을 열며

 아침 10시. 엄마를 출근시키면서 엄마 어깨 너머로 물끄러미 약국 유리문 안을 들여다본다. 미세먼지가 앉아 뿌예진 유리문 너머로 낡은 집기들이 보인다. 진열대에 올려져 있는 약상자들도. 5번 6번 척추협착증이 있고, 한쪽 고관절에 인공관절을 삽입한 84세의 어르신이 끄집어내기에는 너무 높이 있는 약들. 엄마에게는 엄연히 유용한 자산이자, 현대 약학의 대중적 성과물로 보이는 것들. 여전히 경제활동을 주도적으로 할 수 있음을 증명하는 자부심의 조각들. 나는 그 의미 덩어리들이 그다지 마음에 들지 않는다. 내 눈에는 아무래도 처치 곤란한 짐 덩어리들, 언젠가는 다 처리해야 할 재고들로 보이는 탓이다.

매일 아침 그 약국에 출근하는 엄마는 50여 년 경력의 현역 약사다. 나는 초등학생 이후로 약국 잔심부름 경력 40여 년에 달하는 약사 가족이자, 마침내 엄마 돌봄을 시작한 중년의 딸이다. 또한 좋아하는 일을 계속 잘하고 싶지만, 언제까지 일할 수 있을지 모른다는 불안에 시달리는 프리랜서이기도 하다.

열쇠를 돌려 약국 문을 여는 엄마의 등 뒤에 서서, 나는 굳이 안 해도 될 성화를 부린다.
"빨리빨리 하자고요. 얼른 돌아가서 오늘 일정을 시작해야 한다니까? 골목에 세워둔 차도 얼른 빼줘야 한다고."
엄마도 물러서지 않는다.
"너만 바쁘냐? 나도 바빠. 가기 전에 편의점에서 우유랑 바나나 사다 주고, 약국 문 앞에 시커멓게 내려앉은 먼지 좀 대걸레로 닦고 가라. 아이고, 더러워."

각자 해야 할 일을 하기 위한 시간과 동력을 조금이라도 더 확보하려는 우리. 그게 대체 뭐라고. 경쟁업체도 아닌데. 어쩐지 우습다.

엄마의 약국은 늘 내게 급한 일을 미루고 귀찮은 일을 하게 하는 곳이다. 그래도 그 안에는 어떤 세상이 있다. 오랜 세월 내가 보고, 듣고, 그 한가운데 있었던 세상. 지긋지긋하다며 기억 속에 묻어뒀던 동네 약국 생활. 대단한 것은 아니었을 것이다. 반짝이기라도 했을까, 의심스럽기도 하다. 그런데 나는 그 나날을 어쩐지 잊지 못하고 있다.

1부

하루하루 소화하기

아무도
몰랐다

    오랜 투병을 하던 아버지가 중환자실에 입원해 있었고, 대한민국이 코로나19의 창궐로 어수선해지기 시작한 즈음이었다. 중환자실에서 아버지를 면회하고 나온 어느 날, 엄마가 차로 어딘가 데려가 달라고 했다. 내가 피곤하고 귀찮은 티를 숨기지 않으면서 따라나선 곳은 '은평구 약사회' 정기총회 자리이자 시상식장이었다. 한 동네에서 45년간 약국 문을 열어온 약사에게 잘했다, 수고했다, 감사하다는 말과 함께 전한 공로 배지와 꽃다발이 엄마 손에 들렸다. 나는 물론이고, 가족들 가운데 아무도 몰랐던 행사였다.

    나는 물끄러미 서 있다가 휴대전화를 꺼내어 어색하게 사진을 찍었다. 진심으로 어색했다. 그즈음 엄마와 사이가 그다지 좋지 않았기 때문이다. 온갖 일을 해결하느라 지칠 대로 지쳤는데도 끝없이 뭔가 해결해 주기를 바라는 엄마에게 화가 날 대로 나 있었다. 자식이 셋인데 왜 나한테만 온갖 일을 해결해 달라고 하느냐며 화를 내면, "계속 네가 다 해왔잖아. 네가 결혼도 안 하고 유학도 안 가고 내 옆에 계속 있었으니까 그렇지" 같은 대답이 돌아왔기 때문이다.

결혼을 안 하고 유학을 안 간 건 내 삶의 선택이지 엄마 옆에서 엄마의 필요를 충족시켜 주기 위해서가 아니었다. 그런데도 집안의 불편한 문제는 내 옆에 있는 너하고만 해결하면 된다는 취지, 굳이 멀리서 사는 큰딸이나 회사 출근하기 바쁜 아들에게 말할 필요가 없다는 엄마의 사고방식이 그날 하루도 나를 몹시 화나게 했던 터였다. 화기애애한 분위기로 급전환할 수 없었던 탓에 엄마에게 축하를 보내는 약사 동료들 옆에서 나는 시종일관 애매한 표정으로 서 있었다. 남이었다면 비즈니스 모드로 해사하게 웃어줬을 텐데. 역시 우리는 가족이었다.

그런데 뜻밖이었다. 시상식장의 엄마를 바라보며 내가 마음 한구석에 품은 생각은 어떤 부러움과 불안함이었다. 나는 과연 45년간 하나의 직업으로 일할 수 있을까. 자신이 없었다. 그리고 일하는 삶의 끝맺음은 어떻게 할 수 있을까. 그 삶의 고됨, 보람, 의미를 그저 혼자 끌어안으면 되는 것일까. 엄마처럼 자기 직업에 이렇게 오래 헌신한 사람에 관해 주변의 누구든 기록해야 하지 않을까. 가족 중 누군가, 특히 오랜 세월 함께한 배우자가 아프면 더더욱 그 반쪽은 삶의 여러 가지 것을 챙길 수 없게 마련이다.

그날 밤, 엄마를 45년 경력의 약사로 인식했다. 그리고 어렴풋이 마음먹었다. 약국 개업 50주년이 되기 전에는 뭔가 해야겠다고. 그냥 시간을 흘려보내면 이토록 오래 노동한 여성의 삶의 자취가 흐지부지 흩어질 수 있겠다고. 누군가가 언젠가 내게 해주었으면 하는 것을 내가 엄마에게 해줄 필요가 있겠다고. 그러고도 나답게 그 결심을 차일피일 미뤄 놓았다. 당장 하고 있던 일들 밑으로 그 생각을 몇 년째 묻어버렸다.

그날 밤

한밤중 전화를 받고 다급하게 차를 몰았다. 평소 약국 2층 화장실 수도관에서 물이 새거나, 보일러에 불이 안 들어온다는 엄마의 호출을 받았던 때와는 확연히 다른 날이었다. 엄마가 약국 한편에 놓인 화분에 물을 주고 돌아서다가 중심을 잡지 못하고 넘어진 후, 땅바닥에 주저앉아 일어나지 못하고 있었다. 때마침 약국에 들어온 손님 한 분이 내게 전화를 걸 수 있도록 엄마의 휴대전화를 찾아주고, 내가 갈 때까지 엄마 옆을 지켜주었다.

차로 약국에서 10분 거리에 살고 있던 내가 약국에 도착한 후 아파서 꼼짝도 못 하는 엄마와의 실랑이가 시작되었다.
"오늘 밤은 여기서 자고, 내일 아침에 병원에 가자니까."

"내일 아침? 약국 바닥에서 무슨 잠을 자요. 당장 가야지! 지금 조금만 움직여도 아프다고 비명을 지르면서!"

"그럼 어쩌라고."

"119 불러야지."

"안 돼! 동네 창피하게. 약사가 약국에서 다친 게 말이 되냐?"

"약사는 약국에서 다치지도 못해? 원래 사람들이 집에서 제일 많이 다쳐요."

말리는 엄마의 목소리를 뒤로하고 휴대전화로 119를 냅다 눌렀다. 119 구급대원들이 들것에 엄마의 몸을 누일 때 엄청난 비명이 터져 나왔다. 나중에 의사에게 들어보니 고관절이 부러졌을 때의 통증은 사람의 입에서 괴물이 삐져나오게 하는 수준이라고 한다.

계속 에일리언처럼 발성하는 엄마와 앰뷸런스를 타고 종합병원 응급실을 찾았다. 하필이면 응급실에 발 들이는 것 자체가 힘든 코로나19의 중흥기였다. 병원 앞에 도착한 앰뷸런스 안에서 1시간 넘게 대기하다가 응급실에 들어갈 수 있었다. 수술하고, 재활하고, 이제 약국은 무리니 제발 그만두라는 나와 목이 터져라 소리 지르며 싸우던 엄마가 다시 약국에 돌아오기까지 꼬박 4개월이 걸렸다.

고관절 수술을 한 엄마는 재활을 거쳐 회복기에 있다가, 꽃

피는 5월에 나와 나의 반려묘 세미와 함께 한집으로 이사했다. 엄마 집도, 내가 살던 곳도 계단이 많았기 때문이다. '계단 없는 집에서 엄마와의 동거' 소식을 들은 한 선배가 "이것은 거의 결혼"이라며, 오븐토스터를 신혼(?) 선물로 보내주었다. 이 토스터는 이후 엄마와 나의 아침을 만드는 데, 아니 실상은 엄마와의 대화에 스트레스받은 내가 고열량 간식을 섭취하는 데 혁혁한 공을 세웠다.

자신만의 생활 방식이 뚜렷하고 독립적인 생활을 해온 엄마, 나와는 성향과 취향이 극과 극으로 다른 엄마를 돌보는 것은 말하자면 이런 느낌이었다. 목구멍에 딱 걸리겠다 싶은 큰 알약들을 물끄러미 쳐다보다가, 입에 대거 투하하고 물을 벌컥벌컥 마셨는데 아니나 다를까 목에 딱 걸리는 느낌. 우리는 정말 달랐다. 말이 잘 안 통해서 사촌 결혼식장에서 마주쳐도 빨리 헤어지던 친척 어른과 같이 살게 된 기분이랄까. 어느 정도 예상은 했지만, 현실은 예상을 뛰어넘었다. 완전히 다른 차원으로의 진입이었다.

사는 재미

이사하고 1년은 하루하루가 극도로 피곤했다. 처음에는 일주일에 3번만 약국 문을 열겠다던 엄마는 곧 평일 내내 출근하기 시작했다. 약국이 몇 달이나 닫혀 있어서 몇 번이나 허탕 치고 돌아갔다는 단골들에게 미안하다면서. 한 달쯤 지나자, 주말에도 나가겠다고 했다. 한 달분의 처방전을 놓고 간 동네 할머니를 위해 약을 주문해서 지어 놨는데, 그분이 토요일에 찾으러 온다면서. 이건 뭐 약국이 아니라 약방 느낌? 하여간 엄마는 어떻게든 약국에 갈 명분을 만들었다. 거래하는 도매상 사장님이 오늘 약을 배달해 준다고. 약국의 전산 시스템을 몇 달간 안 썼더니 사용법을 잊어버릴 것 같다고. 손가락을 많이 안 움직였더니 컴퓨터 자판이 잘 안 쳐진다고. 이게 안 되고 저게 안 되어서 가만히 있으면 더욱 안 되겠다고.

이유는 끝도 없었다. 다 핑계라고 생각했다. 약국만 하느라고 평생 제대로 쉬지도 않고, 쉴 줄도 모르는 엄마가 답답했다. 세상에 얼마나 재밌는 일이 많고, 아름다운 풍경도 많은데! '너는 떠들 거라, 나는 안 들을 테니' 하듯이 엄마의 귀는 내가 하는 말은 다 튕겨내는 것 같았다. 엄마의 약국 생활이 이어지면서 어쩔 수 없이 내 일상도 바뀌었다. 매일 아침밥을 차리고, 엄마가 약국에서 먹을 도시락(엄마가 나를 생각해서 점심, 저녁은 약국에서 먹겠다고 했다. 이것은 배려인가 배짱인가!)을 싸고, 차로 출퇴근시키느라 혼자 살 때 만끽했던 나의 아침 루틴과 저녁 약속들은 사라졌다. 외부에서 일을 하다가도 퇴근 시간에 약국에 가야 해서 발을 동동 굴렀다. 하루가 너무 짧았다.

매일 밤 냉장고를 스캔해서 내일 아침과 도시락 메뉴를 생각해 놓고 나면, 내 본업은 가사도우미요, 영화를 보고 글을 쓰고, 인터뷰를 하고, 영상을 만드는 모든 일은 나의 부캐가 하는 일 같았다. 일에 집중하고 싶었다. 내 프로젝트를 더 확장하는 데 매진하고 싶었다. 아주 긴 여행을 가고 싶었다. 대낮까지 자고 싶었다. 친구들과 밤새 수다를 떨고 싶었다. 온통 하고 싶은데 못하는 일들뿐이었다. 욕구불만 때문에 마치 십대로 돌아간 듯 짜증이 났다. 스트레스가 쌓이고 목소리가 커졌다. 엄마가 집에 있어도 피곤하고, 집에 없어도 피곤했다. 갈수록 엄마 인생은 회복되지만, 내 인생은 망가지고 있다고 생각했다.

엄마의 출퇴근은 엄마 자신에게만큼은 건강을 회복하는 지름길이었다. 재활 전문가의 꾸준한 치료를 받는 것과는 비교할 수 없겠지만, 어느 정도 효과가 있었다. 몸은 움직이는 만큼 움직였다. 몸이 움직이니 자존감도 높아졌을 것이다. 엄마는 책을 읽어도 집에서가 아니라 약국 의자에 앉아서 읽고 싶어 했다. 낮잠을 자도 침대에 드러눕기보다는 약국 의자에 앉아서 졸고 싶어 했다. 하루 종일 TV와 대화하기보다는 약국에 들어오는 사람들과 대화하는 편을 택했다. 엄마에게 약국은 어쩌면 자식보다 훨씬 편안하고 믿음직한 반세기의 동반자였다. 일하는 사람으로, 현대인으로, 있는 그대로 존재할 수 있게 해주는.

한 명의 아이를 온전히 키우기 위해서는 온 마을이 도와야 한다는 말은 한 명의 노인이 온전하고 주체적인 삶을 사는 데에도 적용된다. 그리고 약국은 엄마의 일터이자 쉼터이기도 하지만, 위치나 용도에 있어서 다른 사람에게도 쓰임새가 많았다. 약국은 단지 약만 살 수 있는 곳이 아니다. 약을 사러 왔다가 한파나 무더위를 피해 잠깐 앉아서 숨을 고르기도 하고, 서글서글한 이들은 이런저런 동네 소식을 나누는 곳이다. 정신 건강을 위해 내키면 누군가의 뒷담화도 흘리고 갈 수 있다. 정치 걱정, 경제 걱정, 글로벌한 걱정까지 하다가 이영차, 몸을 일으켜 집으로 가기까지, 약국은 한 번은 찍고 가야 하는 익숙한 정거장이다. 동네 마트에 가기 전에 들르고 마트에 갔다 오면서 들르는 쉼터이기도 하다.

약국에서는 다양한 건강용품도 만날 수 있다. 반려동물 약을 취급하는 동네 약국이라면 반려동물에 관해 상담하다가 '우리 애가 진짜 똑똑하다'라며 서로 자랑할 수도 있다. (고양이를 싫어하던 엄마도 약국에 오는 교회 지인들에게 우리집 고양이 얘기를 하기 시작했다.) 장기간 복용하는 약의 처방전을 들고 자주 오시던 어르신이 한동안 보이지 않으면 이상하다고 생각할 수 있는 곳이 약국이다. 어떨 때는 주민센터보다 더 즉각적으로 느낀다. 내가 먹고 마시고 바르고 붙이는 데 필요한 약을 직접 사러 가고, 그 약을 어떻게 사용해야 하는지 이해한다는 것 자체가 한 사람의 육체적, 정신적 상태를 증명하기 때문이다.

그런 이들을 보면서 약사인 엄마는 자신의 건강을 재점검하기도 한다. 이제는 제발 그만뒀으면 했던 엄마의 약국 생활을 다시 긍정하게 된 것은 이런 측면이 크다. 가족의 돌봄과 더불어 눈에 보이지 않는 사회적 돌봄이 상승효과를 일으켜서 엄마를 더 건강하게 하는 것 같았다. 엄마 앞에서는 절대 입 밖에 내지 않지만, 내심 인정하고 있다. 엄마가 사는 재미가 있어야 나도 내 삶을 살 수 있다. 알고는 있었지만, 입술을 꼭 깨물며 깨닫는다. 삶은 역시 연결

되어 있다고.

　게다가 나는 아직 '엄마의 약국' 같은 공간을 가져본 적이 없다. 내가 선택해서 내가 진열한 물건들에 내 손때를 켜켜이 묻히며 내 경력을 키워낸 공간. 과연 언제 가져볼 수 있을까? 이번 생에 가능하기는 한가? 엄마의 낡은 약국을 보며, 나는 아직 존재하지도 않는 '나만의 오래된 작업실'에 관한 로망을 떠올린다. 그래서인가. 엄마의 직업 세계는 내 머릿속에서 종종 나의 직업 세계로 교차하고 뒤바뀐다.

소중하지만 성가신

 평일 아침 출근길에 엄마가 약국 근처 '달래미용실'로 들어가는 골목 앞에 차를 세우라고 한다. 미용실 입구까지 엄마를 부축해서 걸어가는 동안 물었다.

 "오늘은 왜?"
 "달래(엄마는 미용실 원장님을 미용실 이름으로 부른다)가 그러잖아. 동네 사람들이 미용실에 와서 말한대. '그 약사님 요즘 머리가 왜 그러신데? 파마도 안 하고 염색도 안 하고. 아이고… 어쩌다가' 한다고."
 "에이, 설마."
 "아니야. 사람들이 다 본다니까?"

그러고 보니 약국에 있던 엄마는 언제나 풀 메이크업 상태였다. 아버지 때문에 병원을 쫓아다닐 때만 빼고. 그때 이미 풍성하지도 않던 엄마의 머리숱이 더 줄어들었다. 약국에서 다치고 난 이후에는 몸이 불편하니 머리도 감기 귀찮고, 매주 고데기로 부풀리던 헤어스타일을 유지할 여력도 없었다. 이제야 타인의 시선을 신경 쓰고 단골 미용실을 다시 간다.

약사가 건강하고 단정한 모습으로 있어야 그 약국에 가고 싶고, 약을 사러 온 이들에게 복약지도를 해도 그런 모습으로 해야 신뢰를 얻는다는 것이 엄마의 주장이다. 그런 직업 태도에는 동의하는 바이다. 하지만 내가 눈썹을 안 그리거나 립스틱을 바르지 않고 외출할 때 "왜 그렇게 대충 하고 다니냐"라는 엄마의 잔소리에는 딱히 동의하지 않는다. 안 그리고 안 바를 자유도 있으니까. 그래도 업무 관련 미팅을 하거나 업무 현장에 갈 때, 약간의 화장은 한다. 나를 만나는 사람들에게 되도록 상쾌한 인상을 주고 피곤해 보이지 않으려고 노력하는 걸 보면 내 직업 태도도 엄마와 크게 다르지 않은 것 같다. 자기 일을 잘하고 싶은 이들이라면 대부분 마찬가지 아닐까. (하지만 8시간 자고 쾌적한 상태로 나가도 "무슨 일 있어? 너무 피곤해 보인다" 하는 말을 듣게 하는, 나의 반려 다크서클.)

달래미용실은 50년 동안 한자리에서 약국을 한 엄마가 40년 넘게 다닌 미용실이다. 요즘 미용실처럼 세련된 인테리어와 설비를 갖추지는 않았지만, 엄마에게는 익숙하고 편한 곳이다. 굳이 설명하지 않아도 엄마가 원하는, 40년 넘게 똑같은 헤어스타일을 척척 만들어준다. 달래 원장님은 엄마를 "언니"라고 부른다. 엄마를 '언니'라는 호칭으로 불러주는 사람은 나의 이모들을 빼면 달래미용실 원장님이 유일할 것이다. 엄마는 원장님을 "달래야~" 하고 부른다. 40년 넘게 머리를 맡긴 정 때문인지, 엄마는 달래 원장님을 친근하게 여긴다. 미용실의 특성상 머리를 하러 온 단골들 사이에 많은 말이 오가는데도 입이 무겁다면서. 엄마와의 대화를 통해 유추해 보면 단골의 성향과 특성을 파악해서 영업도 잘하신다. 엄마는 감리교회 권사이고 달래 원장님은 불교 신자이지만 둘 사이엔 종교 갈등도 없다. 괜히 서로 전도하겠다고 피곤하게 할 생각조차 하지 않는 사이. 이렇게만 산다면 세계 평화도 이룰 지경이다.

파마를 끝마치거나 고데를 하고 나면 약국으로 돌아와야 하는 엄마는 아직 혼자 걸을 자신이 없다. 혹시라도 넘어질까 봐. 그럴 때마다 달래 원장님이 다른 손님들의 양해를 구하고 엄마의 팔짱을 낀 채 약국으로 데려다주신다.

"언니. 발에 힘을 줘서 디뎌보세요. 한 발, 한 발."
"응. 이렇게?"
"그렇지. 그렇지. 근데 언니, 이제 혼자 걸을 때도 되지 않았어?"

내가 그렇게 말했다면 "너는 왜 말을 그런 식으로 하냐. 누구는 노력 안 하냐?"라고 했을 엄마다. 그런데 달래 원장님의 뼈 있는 한마디는 "응. 그러게 말이야"라며 참 경쾌하게 받아들인다. 엄마는 달래 원장님이 무슨 말을 해도 서운하지 않은 것이다.

적당한 거리감이 있어서 유지되는 호감이라는 게 있다. 엄마와 달래 원장님의 관계는 민폐와 연대 사이 그 어디쯤 있는 것 같다. 적당히 민폐를 끼치고 적당히 끌어안아 준다. 그래서 서로 오래 보는 것일까. 그런 게 원래 가족이었을 텐데. 해묵은 감정을 안고 함께 살면서 매일 보는 나와 엄마는 무슨 말만 하면 서로에게 서운하니, 가족이란 대체 무엇인지 생각하게 된다.

〈걸어도 걸어도〉〈진짜로 일어날지도 몰라 기적〉〈바닷마을 다이어리〉〈태풍이 지나가고〉〈어느 가족〉 등을 만든 고레에다 히로카즈 감독의 영화 어디에 나와 엄마 같은 관계, 혹은 엄마와 달래 원장님 같은 관계가 있었는가 싶기도 하다. 그는 자서전 『영화를 찍으며 생각한 것』에서 자신이 생각하는 홈 드라마가 '둘도 없이 소중하지만 성가신 것'이라고 쓴 바 있기 때문이다. 뼛속 깊이 동감이다. 엄마와 나도 '소중하지만 성가신' 관계를 이어간다.

재활을 마친 엄마가 다시 약국 문을 열었을 때 달래 원장님은 꿀 한 통과 선식 가루를 가져오셨다. 엄마는 감동하면서 열심히 먹었다. 그 후 구정 설과 추석에는 달래 원장님이 직접 무친 온갖 나물과 직접 담근 김치를 가져오셨다. 나는 얼떨결에 더 열심히 먹었다. 먹을 때마다 느끼지만 음식 솜씨가 참 좋으셨다.

"그렇게 바쁜데 언제 이런 걸 다 만들었데. 나도 뭔가 줘야 하는데." (엄마)

'엄마? 나도 바쁜데, 매일 아침 밥하고 반찬하고 도시락도 싸는데?' (속으로)

역시 '소중하지만 성가신' 관계다.

K-장녀와 K-장남의
둘째 딸

　엄마가 다쳐서 같이 살기 전, 내가 어쩔 수 없이 엄마의 보호자가 되어버렸다고 느낀 결정적 순간이 있다. 아주 오래전 홍콩에 갔을 때다. 내가 홍콩에 간 것은 다섯 번 정도 된다. 세 번은 해외 영화 정킷* 참가와 촬영 현장 취재 때문에, 나머지 두 번은 아버지 때문이었다.

　아버지를 위한 홍콩행 중 한 번은 여행, 한 번은 면회였다. 당시 아버지는 사업차 해외에 나가 있었다. 몇 년을 집에 돌아오지 않고 있는 아버지에게 체류비 등등 이것저것을 보태다가 대체 뭘 어

● 해외 영화사가 매체에 속한 기자나 평론가를 초청해 영화를 시사하고 배우와 감독을 인터뷰하게 하는 행사.

떻게 하면서 홍콩에서 버티고 있는지 궁금해진 나는 여름휴가를 이용해서 아버지를 보러 갔다. 홍콩의 한인 민박에서 지내고 있던 아버지는 나를 위해 에어컨이 펑펑 나오는 옆방을 빌려 놓았다. 3일 정도 아버지와 함께 지내면서 뭔가 뜬구름 잡는 듯한 아버지의 사업 얘기를 듣다가 돌아왔다. 보이지 않는 것을 잡으려는 것 같은 아버지의 마음을 내 힘으로는 붙잡을 수 없었다.

아버지를 위한 두 번째 홍콩행은 그때로부터 2년 정도 지나서였다. 홍콩의 대한민국 영사관으로부터 전화를 받았다. 아버지가 주룽반도[九龍半島]의 구치소에 있다고 했다. 모 은행에 위조 서류를 낸 이유로 연행된 후 사기죄로 수감됐다는 것이다. 영사는 내게 극도로 무심하게 말했다. 이런 경우 별로 도와줄 게 없으니 일단 가족 중 누구라도 와서 면회하라는 얘기였다. 먼저 전화를 받은 엄마가 놀라서 내 번호를 알려준 것이다. 엄마는 약국 때문에 홍콩에 갈 수 없었다. 아, 그놈의 약국. 실은 당시 60대였던 엄마 혼자 홍콩에 가기 무서웠을 것이다. 나는 그렇게 엄마의 비상 연락처가 되었다.

1박 2일로 홍콩의 숙소와 비행기를 예약했다. 급한 방송 대본을 초치기로 마감하고 공항으로 갔다. 홍콩공항에 밤 11시 반에 떨어진 나는 겁도 없이 택시를 타고 숙소로 가자고 했다. 숙소에 도착하니 12시가 넘어버렸다. 잠을 거의 못 자고 아침에 영사가 알려준 주룽반도의 구치소를 찾아갔다. 가면서도 이상했다. 홍콩 영화에서나 보던 곳을 내가 간다고? 영화 속에서 양조위, 장국영, 유덕화가 삼합회 같은 조직에서 일하다 가끔 갇히던 곳에? 도무지 실감이 나지 않았다.

수속을 밟고 각종 구역을 지났다. 면회하러 온 다국적의 사람들 틈에 앉아서 생각했다. 이런 코즈모폴리턴의 세계가 또 있을까. 아버지의 수감 번호를 부르기를 기다리면서 혹시 놓칠세라 화장실도 가지 못했다. 면회 차례가 되어 다른 면회자들과 함께 들어가 아버지가 나올 칸막이 앞에 섰다. 면회자가 있다는 것도 신기했을 아버지가 나를 보자마자 눈물을 흘린 것 같은데, 기억이 가물가물하다. 그 일이 실제로 일어났던 건지 아닌지.

아버지는 은행에 아버지 명의의 계좌가 있고, 그 계좌에 입금된 돈을 찾으려 했을 뿐이라고 했다. 그 계좌에 있다는 돈은 아마도 존재하지 않았을 것이다. 한참 후에 알았지만, 아버지는 한때 아프리카에서 사업을 한 인연으로 만난 이들이 있었다. 그들이 무슨 일인지 고맙다며 거액을 계좌에 입금했노라, 그런데 돈을 찾으려면 수수료를 내야 한다고 했다는 것 같다. 꽤 큰 수수료를 내고 나면, 기한이 다했다거나 또 다른 수수료가 필요하다고 했단다. 그렇게 하염없이 수수료를 보내고 또 보내면서 존재하지도 않았을 돈을 찾으려고 아버지는 몇 년을 허비했다. 국정원에서도 이런 수

법에 속지 말라고 했던, 한때 유행하던 국제 사기였다. 아버지는 진심으로 믿었던 것 같다. 그날 면회를 하고 멍하니 숙소로 돌아와서 짐을 들고 한국행 비행기를 탔다. 내가 할 수 있는 게 없었다. 중간에 엄마에게 "아빠는 사지 멀쩡하시다, 마음 꼭 붙들고 있으라"라고 전화를 한 것 외에는.

엄마는 펑펑 울었다. 나는 눈물이 나지 않았다. 현실감이 없고 그저 황당했다. 보이지 않는 누군가가 나를 주인공으로 드라마 단막극이라도 쓰고 있나. 훗날 내 인생에서 이 에피소드를 어딘가 써먹을 데가 있을까 싶었다. 얼마 후 아버지가 풀려났다. 판사 앞에서 영어로 열심히 스스로 변호했고 그게 받아들여졌다는 것이다. 하긴. 아버지는 나보다 훨씬 유창하게 '성문종합영어'스러운 회화를 구사할 수 있었다. 그런데 왜 그런 사기를 당했는지 지금도 의문이다. 그때 홍콩 판사에게 대체 뭐라고 했는지도 여전히 궁금하다. 구치소를 나오자마자 맥도날드 빅맥 세트를 먹었다는 아버지의 홍콩 생활은 그 후로도 이어져 결국 아버지의 신장을 고장 내고 말았다.

나는 영화 정킷을 다니며 쌓았던 아시아나 마일리지를 가족 마일리지로 전환해서 아버지의 한국행 비행기 티켓을 끊었다. 아버지는 집에 돌아온 이후 "억울하다. 대형 로펌을 고용해서 그 은행을 고소하겠다"라고 했다. 아버지의 말은 실현되지 않았다. 그래.

국내 로펌이 다루기에는 너무 국제적인 사건이었다고 해두자.

K-장남이 야심 차게 벌인 일 때문에 나름 인생에서 승승장구하던 K-장녀는 온갖 수난을 겪었다. 빚 독촉을 하는 여러 업자와 소리를 지르며 싸우고, 어르고 달래고 협상도 하게 되었다. 60대 이후의 엄마는 신앙의 힘과 약국을 매일 열어야 한다는 믿음으로 삶을 견디었다. 어렸을 때부터 그리 말수도 적고 고고했다던 K-장녀는 노년이 되어서는 칭찬도 욕도 한꺼번에 할 수 있는 할머니가 되었다. 누군가에 관한 여러 가지 사소한 정보를 마구 흘리다가 중간에 진짜 하고 싶은 말을 쓰윽 찔러넣는 식으로. 변칙 복서나 변화구를 잘 뿌리는 투수처럼.

가끔은 너무 아무렇지도 않게 타인의 아픈 곳을 건드리고서 수습하기 어렵다고 느껴지면 천연덕스럽게 "내가 뭘?" 하고 버티는. 한편으론 그 사람이 옆에 없을 때는 칭찬하고 그 사람이 옆에 있을 때는 별 티를 내지 않는. 엄마는 그런 사람이었다. 그러했었다. 배려심이 매우 깊으면서도 어떨 때는 배려심이 실종된 것 같은 80대는 그렇게 성장한 것이다.

K-장남과 K-장녀 사이에서 첫째도 막내도 아닌 둘째로 태어난 나는 그런 엄마를 곁에서 가장 오래 지켜본 자식이었다. 결혼도 안 하고 유학도 안 갔고 매일 출근하는 회사 생활은 몇 년 하다 끝낸 K-차녀. 엄마에게는 내가 늘 엄마가 부르면 달려올 거리에 사

는, 자기 삶의 영역을 벗어나지 않은 자식이었다. 독립했다가 합쳤다가 다시 독립하기를 반복했으면서, 나 역시 늘 엄마를 걱정했다.

언제부터인가 엄마를 걱정하기 싫었다. 그만하고 싶었다. 아버지를 걱정하는 것도 싫었다. 그만하고 싶었다. 아버지를 말리지 못한 엄마, 감정적으로든 경제적으로든 내가 해결해 주기를 바라는 엄마, 그래도 집안 대소사의 결정은 결국 아들의 의견이 중요하다고 여기는 엄마, 결혼도 안 하고 애도 없으니 온갖 애를 써서 부모를 돕는 건 당연하다고 생각하는 엄마와 나 사이에는 엄마가 눈치챈 것보다 훨씬 깊은 골이 생겼다.

엄마에게는 약국을 한다는 것이, 약사라는 직업이, 어떤 일을 해도 되고 어떤 일을 할 수 없는 이유를 모두 제공하는 방패막이였다. 나는 그래서 약국이 싫었다. 엄마가 약국에 있어야 하기 때문에, 약국을 열어야 하기 때문에 못 하는 일을 내가 해야 하는 것도. 엄마의 약국은 오랫동안 나에게 입구가 꽉 막힌 비상구였다.

출퇴근 전쟁
Part 1

엄마와 같이 살게 되었을 때 가장 시급한 해결 과제는 출퇴근이었다. 내 출퇴근 말고 엄마의 출퇴근. 출퇴근 안 하는 프리랜서로 산 지 15년도 넘은 나는 집에서 일하지만, 엄마는 일터인 약국에 가야 했다. 출근은 해결 방법이 있었다. 보통은 내가 차로 운전해서 10분 정도 거리에 있는 약국에 모셔다드린다. 갑작스러운 업무 관련 일정, 출장이 생기면 택시를 호출해서 엄마를 태운다. 기사님에게는 자동결제 되는 택시비 외에 약간의 사례비를 현금으로 드리면서 간곡한 표정과 목소리로 부탁드린다.

"기사님. 제가 같이 타고 갈 수가 없어서 그러는데요. 저희 엄마 고관절 수술하셔서 또 넘어지시면 절대 안 되거든요. 택시에서 내리면 바로 앞에 있는 약국에 들어가실 텐데, 가게 문 앞까지만 부축해 주세요. 약소하지만 이거 받으시고, 꼭 부탁드립니다."

이 문장들은 이제 AI 수준으로 읊을 지경이 되었다.

문제는 퇴근이었다. 인터뷰하다가도, 시사회에 갔다가도, 친구를 만나더라도, 다른 어떤 업무를 하더라도 8시 전에 엄마의 약국으로 와야 했다. 밖에서 일하다가 7시 반이 다가오면 속으로 발을 동동 굴렀다. 간혹 밤 9시나 10시가 넘을 정도로 늦을 때도 있었다. 약국 문을 잠그고 KBS 1TV 9시 뉴스를 보며 기다리는 엄마를 무조건 퇴근시키러 가야 했다. 그 일은 '같이 사는 유일한 식구'인 내 몫이었다.

약국에서 집으로, 집에서 약국으로 매일 차를 몰았다. 이 일을 누군가 일주일만 대신해 줄 수 있다면 얼마나 좋을까. 아니, 하루만이라도. 엄마의 출퇴근을 책임져 주는 이가 있다면 매일 절이라도 올리고 싶었다. 버는 돈을 다 주면서라도. 삶이 내게 허락해 주지 않는 안락함을 바라고 있자니, 절망에 더 적극적으로 다가가는 것 같았다.

엄마와 살고 석 달 정도 지나자, 약간 과장해서 말하자면 돌아버릴 지경이 되었다. 매일 혼자 엄마의 출퇴근을 책임지고, 아침상을 차리고, 엄마 도시락을 싸고, 온갖 집안일을 해야 하는 와중에 마감이 닥쳐오는 업무를 하다 보면 체력은 떨어지고 울화는 치밀었다. 아침에 일어나기 싫었다. 밤에는 아파트 베란다에서 뛰어내리고 싶었다. 프리랜서가 봉이냐. 운전할 때면 앞차가 끼어들 기미만 보여도 소리를 질렀다. "저게 진짜, 죽고 싶냐?!"

　물리적으로 거리가 먼 경기도 구리시에 사는 언니와 정규직으로 직장을 다니는 남동생이 엄마의 출퇴근을 책임질 수 없다는 것은 이성적 사고로 이해하지 못할 바가 아니었다. 그들도 각자의 삶에서 온갖 피곤한 일들을 매일매일 헤쳐 나가고 있었다. 각자의 방식으로 애써 엄마를 돌보고 있었음도 안다. 하지만 머리로 알고 이해하는 것과 가슴에서 열이 솟구치는 것은 전혀 다른 문제였다. 해 질 무렵이 되면 나는 심장이 들어 있는 내 몸이 무거워서 내다 버리고 싶었다. 그런 나날이 계속되었다. 배변장애와 소화기능장애, 이명증이 생겼다. 오른쪽 귀에서 묵직하게 돌아가는 기계음이 하루 종일 들렸다. 대장항문외과와 이비인후과를 드나들었다.
　답답한 나머지 엄마를 퇴근시키고 밤 9시가 되어서도 좀비처럼 기어 나갔다. 친구나 동료를 만나고 12시가 넘어서 들어왔다. 다음 날 아침 지쳐서 일어나기 힘든 건 당연했다. 내일 마감해야 할 글 때문에 영화를 봐야 하는데, 병든 닭처럼 졸고 있는 나를 발견했다. 아무도 만나지 않고 계속 엄마와 부대끼면서 업무와 집안

일만 해보기도 했다. 그건 그것대로 늪에 빠지는 기분이었다. 분명 일을 하고 있는데도, 사회적으로 확연히 고립되는 기분. 더 큰 일은 따로 있었다. 누군가를 만나면 나도 모르는 사이 시작되는 하소연이 문제였다. 끝도 없이, 계속해서, 미친 듯이 화가 났다.

엄마와 같이 살면서 늘 다정하게 지낼 거라고 생각하지는 않았다. 그러기엔 우리는 너무 달랐다. 다른 은하계의 다른 행성에서 온 다른 종족처럼. 서로의 말은 외계어처럼 들렸다. 쿠엑쿠와쿠 오콰티푸카풍…. 하지만 하루하루가 전쟁일 줄은 몰랐다. 서로를 이토록 원망할 수가 있을까. 엄마는 엄마대로 나를 징그러워했다. 단 한마디도 져주지 않고, 단 한마디도 상냥하지 않으며, 한마디를 하면 열 마디로 돌려주는 딸은 그 자체로 숨 막히는 벽이었을 것이다.

"왜 네 맘대로 정해서 이사를 해?"

"맘대로 정한 적 없거든. 다 엄마한테 그때그때 물어봤잖아. 엄마가 다쳐서 혼자 지내기 힘드니까 온 거잖아. 왜 이제 와서 딴소리야?"

"난 그러자고 한 적 없어. 그냥 네 얘기를 듣고만 있었지."

"침묵은 긍정이지. 그리고 분명 그렇게 하자고 엄마 입으로 동의했어요. 싫으면 처음부터 싫다고 얘길 정확히 하시던가."

(….)

"네가 문갑도 장롱도 네 맘대로 버렸잖아!"

"좁아서 못 가져온다고, 엄마 방에 안 들어간다고 분명히 말했잖아. 내가 언제 맘대로 버려. 엄마한테 일일이 설명하고 엄마가 알았다고 해서 내놨잖아. 엄마 짐은 문갑과 장롱만 빼고, 협탁에 장식장에 그림에 병풍에 도자기까지 다 가져왔잖아."

"왜 이 집에 나를 데려와서 고생시켜!"

(….)

"엄마는 엄마 딸보다 문갑이 중요해? 엄마는 내가 힘들어 쓰러지든 말든 오동나무 장롱이 아까워? 그게 여태 엄마 때문에 온갖 고생을 한 딸한테 할 소리야?! 나는 아무리 힘들어도 안 할 말은 안 하는데, 엄마는 꼭 선을 넘어. 이 집에 왜 데려왔냐고? 그걸 진짜 몰라서 물어?"

80대의 나이에 혼자 걷기 힘든 몸으로 아직도 일을 하는 엄마는 대단하다. 누가 뭐라고 하든 일 욕심을 버리지 않으면서 실은 그것이 자신의 존재 증명임을 확실히 인지하는 모습도 그렇다.

약국을 하면서 내돈내세(내 돈으로 내 세금 낸다)를 자랑하는 것도 아무나 할 수 있는 일은 아니다. 나는 엄마의 나이에 그렇게 자신의 쓸모를 주장할 수 있을지 자신이 없다. 그때가 되면 그럴 정도로 사랑하는 일조차 없을지 모른다. 엄마의 모습은 누구보다 용감하고 부지런하다. 여성으로서 좋은 롤 모델이기도 하다. 하지만 그건 어디까지나 이 여성을 그냥 바라봤을 때의 얘기다. 한집에서 부대껴야 하는 가족으로서, 내게는 견디기 쉽지 않은 것투성이다.

세상의 많은 부모가 그러하듯이 엄마는 자식들, 특히 나와 동생에게 기대어 해결했던 수많은 비용을 상당 부분 당연하게 생각한 시절이 있었다. 물론 그 점을 미안해하고 가슴 아파하는 마음은 분명히 있었다. 엄마니까. 하지만, 급한 사정이 있거나 필요시엔 얼른 가슴 한편에 묻어버리는 마음이기도 했다. 사람이니까.

나는 그런 엄마에게 다정하기 싫었다. 엄마 대신 아버지 중환자실로 뛰어다니고, 엄마 대신 아버지가 남긴 빚 문제를 변호사와 상담하고, 버는 족족 변호사비를 내는 게 버거웠다. 엄마 대신 엄마의 은행 문제를 해결해 주는 게 지겨웠다. 엄마 대신 엄마의 품위를 떨어뜨리지 않기 위해 명절 대소사를 챙기는 게 고됐다. 아버지가 돌아가신 후 무슨 말만 하면 내가 엄마를 무시한다는 소리도 피곤했다. 엄마가 가야 할 온갖 병원을 함께 쫓아다니는 것도 체력이 달렸다. 틈만 나면 엄마를 위로하거나 엄마가 같은 말을 하고 또 해서 몇십 번쯤 반복할 때도 매번 경청하면서 말까지 예쁘게 할 마음의 여유가 없었다.

못된 기지배, 불효녀, 싸가지 없는 노처녀, 엄마보다 고양이만 챙기는 나쁜 것. 쌍스러운 것. 그런 말들은 아무리 들어도 별 상관이 없었다. 다만, 이대로 전쟁을 계속할 순 없었다. 엄마도 나도 인간답게 살기 위해서 대외적 협력이 필요했다. 나는 필사적으로 노약자 민간 동행서비스를 찾기 시작했다.

출퇴근 전쟁
Part 2

엄마 퇴근, 엄마 퇴근, 엄마 퇴근. 지난 2년간 나의 머릿속을 지배한 최우선 과제였다. 하루빨리 이 문제를 해결하지 않으면 내 안의 인내심이란 것을 박박 긁다가 결국 구멍을 낼 것 같았다. '자자, 어떻게든 해결하자.' 틈만 나면 이렇게 혼잣말하면서 엄마의 퇴근을 위해 민간 동행서비스를 검색했다. '세상에, 이렇게나 많은 서비스가?' 하고 기뻐한 것도 잠깐이었다. 일회성이라면 몰라도 고정적으로 이용하기에는 대부분 비용이 너무 비쌌다. 고관절 수술 부위와 척추협착증을 빼놓고는 육체와 정신이 멀쩡해서 노인장기요양보험제도를 통한 요양 등급이나 장애 등급을 받을 필요가 없는, 성질 더러운 딸과 살고 있어서 고생이긴 하지만 엄연히 독거노인은 아닌 엄마는 참으로 운이 없었다. 엄마 같은 상황에 처한 노년층은 아이러니하게도 정부 제도 혜택의 사각지대에 놓여 있었기 때문이다.

결국 비싼 민간 서비스를 쓸 수밖에 없었다. 포털 사이트 검색창에서 가장 먼저 눈에 띄는 노약자용 택시 서비스를 이용해 봤다. 시간당, 거리당 기본요금 자체가 상당했고, 10분 이상 지연되면 부과되는 추가 비용도 비쌌지만, 나로서는 감사할 뿐이었다. '도어 투 도어'로 약국에서 엄마를 데리고 나와 택시에 태우고 집까지 운전해서 집 안으로 무사히 들여보내 주는 드라이버가 요양보호사 자격증이 있다는 사실도 괜히 안심됐다.

하지만 엄마는 불편해했다. 처음에는 굳이 돈을 들여 퇴근해야 한다는 사실을 불편해했다. 내가 너무 늦을 때 엄마가 약국에서 계속 기다리는 것 자체가 부담스럽다는 말에 서비스 이용을 받아들여 주기는 했지만. 업체에서 신원을 검증했다는 드라이버 선생님들은 매우 친절했다. 그런데 그들이 5, 60대 남성이라는 사실은 엄마를 다시 불편하게 했다. 아차 싶었다. 대한민국 사회에서 여성이 갖는 근본적인 무서움과 두려움은 80대가 되어서도 벗어나기 쉽지 않다는 것을, 딸인 내가 간과한 것이다.

엄마가 불편해하니 나도 불편했다. 얼마 후에는 택시 서비스 기본요금이 오르면서 자주 감당하기 부담스러운 액수가 되었다. 불편함과 요금 때문에 노약자 택시 서비스 이용을 그만두었다. 다른 서비스를 찾아보려고 했지만, 대부분의 민간 동행서비스나 주민센터 및 서울시의 동행서비스는 병원이나 외출 동행이 많았다. '언젠가 내가 이용하겠지'라는 생각으로 알아두기는 했다. 하지만 80대 할머니 약사의 퇴근 동행이라니. 나는 어쩌면 대한민국 사회복지 제도에 없는, 듣지도 보지도 못한 서비스를 요구하고 있었는지도 몰랐다.

평범한 인내심과 평범한 책임감을 가진 사람. 나이의 앞자리 숫자가 5로 바뀌면서 내가 그런 사람이라는 것을 더 실감한다. 나는 과거보다 더 현명해지지도, 더 유연해지지도, 더 대범해지지도 않았다. 내가 그저 그렇다는 것을 겨우 인정하게 됐을 뿐이다. 평범한 인내심과 평범한 책임감을 가졌기에 나는 자주 내 밑바닥을 본다. 내가 살 궁리, 내가 편해질 궁리를 한다. 그래서 포기할 수 없었다. 설마 서비스 공화국 대한민국에서 엄마 퇴근을 도와줄 서비스가 없겠어? 초고령화 사회에 진입한 대한민국의 실버산업이 헬스케어 산업과 결합해서 얼마나 초월적인 속도로 거대해지고 있는데.

몇 달을 알아본 끝에 드디어 기적처럼 끝내주는 서비스를 찾았다. 언제나처럼 온갖 업무 톡에 답을 하면서, 온갖 광고 문자를 지우던 아침이었다. 회원 가입이 되어 있던 울림두레생협의 온라인 장보기 주문 문자를 지우려다가, 있는 줄도 몰랐던 울림두레돌봄센터의 '인생응원 서비스' 신청 안내를 보게 됐다. 가슴이 콩닥콩닥 뛰었다. 어쩐지 너무 괜찮아 보였다. 결정적으로 나를 황홀하게 한 것은 홈페이지에 적혀 있는 '인생응원'에 관한 설명이었다. '돌봄이 필요하지만, 장기 요양 등급을 받지 못한 분들을 위한 서비스'라는 문구가 3D 화면처럼 내 눈앞으로 튀어나왔다. 비용도 노약자용 택시 서비스보다 50% 이상 저렴했다. 아무도 없는 방 안에서 나도 모르게 외쳤다. "저요! 저요! 아니, 우리 엄마요!"

울림두레돌봄센터에 전화를 걸었다. 단순 외출이 아닌, 일터에서 집으로의 퇴근 동행이 가능한지, 심지어 정기적으로도 할 수 있는지 물어보았다. 알아보고 전화 주겠다는 센터 직원분의 목소리를 만질 수 있다면 두 손으로 꽉 붙들고 싶은 심정이었다. 몇 시간 지나지 않아서, 퇴근 동행을 해줄 활동가분을 찾았다는 전화를 받았다. 센터 직원과 활동가님을 엄마 약국에서 만나기로 했다. 일회성으로 한번 경험해 보고 결정하려고 했던 마음은 홀랑 날아갔다. 활동가님을 만나자마자 바로 엄마의 퇴근 동행서비스를 정기적으로 해달라고 신청했다. 활동가님이 약국으로 택시를 불러서 엄마와 함께 타고 집까지 온 후 엄마가 집 안으로 들어가서 현관의 간이 의자에 앉으면 서비스가 끝난다. 일주일에 2회, 한 달에 8번의 퇴근 동행서비스 비용과 택시비를 언니, 동생과 함께 감당하기로 했다. 심지어 처음 6개월은 30% 할인이었다.

　나는 이제 일주일에 이틀 저녁은 마음 편히 일하거나 약속을 만들 수 있다. 엄마의 퇴근 동행을 해주시는 활동가님 덕분이다. 함께 해주신 지도 어느새 1년이 넘었다. 우리집 고양이 김세미 씨도 활동가님을 보고 더 이상 도망가지 않는다. 급한 일이 생기거나 업무가 늘어날 때 추가로 퇴근 동행을 부탁드리면 그때마다 "걱정하지 말라"라며 도와주시는 활동가님 덕분에 나는 애를 태우지 않아도 되는 날이 생겼다. 아니, 정확히는 미치지 않을 수 있었다. 너무 뻔한 표현이지만, 하늘이 무너지기 전에 솟아날 구멍을 찾은 기분. 그것 말고는 달리 설명할 수가 없다.

　활동가님은 우리 엄마 말고도 여러 어르신의 동행 활동을 해주시는 것으로 안다. 모두 즐겁게 동행하시기를 바라는 마음이다. 누가 나 대신 엄마를 출퇴근시켜 줄 수 있을까. 매일 고민하던 그 시간을 잊을 수 없을 것이다. 그때의 외로움. 그 같은 간절함. 엄마와 나는 각자 하고 싶은 일을 최선을 다해서 하고 싶어서, 각자 일하는 자유와 행복을 충분히 누리고 싶어서, 그렇게 외롭고 간절했었다. 웬만한 회사에서 퇴직할 나이 50대. 뭘 해도 은퇴할 나이 80대. 그래도 아직은 삶의 출퇴근을 멈출 수 없었다. 나는 계속 일하는 엄마를 보고 자랐고, 그렇게 살려고 애를 쓰는 나이가 됐다.

　일하는 여성끼리 함께 살면서 계속하고 싶은 일을 하도록 서로를 돕는 것 외에 어떤 해결책이 이 삶을 더 잘 유지할 수 있을까? 일은 핑계가 아니다. 방법이다. 한쪽이 희생하며 안전하게 머물게 하기보다 서로의 욕망대로 활발히 움직이게 하는 것이 우리에게는 최선의 배려다. 많은 이가 이미 깨우쳤을 이 사실을 나는 이제야 간신히 문장으로 쓸 수 있게 되었다.

두 배가 아닌
2의 2승

　싱글 라이프를 누리던 시절의 나는 오전 8시에 기상했다. 9시까지 운동, 10시까지 아침을 먹고 이런저런 생각을 한 후 10시에서 10시 반 사이에 책상에 앉아 일을 시작했다. 일의 집중도가 가장 높았던 시간은 10시 반부터 12시까지다. 저녁 6시까지 아주 빠듯한 일정하에 시간대별로 일하는 날도 있었고, 아침 6시부터 준비해서 외부 일정을 소화해야 하는 날도 있었다. 대체로 새벽 1시에서 2시 사이에 잠들었다. 7시간 수면을 채우려고 좀 늦게 일어나는 날 말고는 8시 기상과 이후의 루틴을 지켰다.

　혼자라는 것에 관해 생각할 때는 주로 혼자일 때다. 그 시간을 좋아한다. 혼자라는 감각을 좋아한다. 지금껏 내가 힘들고 서툴러도 애써 걸어온 궤도를 크게 일그러지지 않게 해주었기 때문이다. 혼자이기에 해야 할 일. 혼자이기에 할 수밖에 없는 일. 혼자라서 할 수 있는 일. 그 모든 일을 해왔기에 나는 나로 살았다. 평온한 '홀로인 아침'은 내가 특히 좋아한 시간이었다. 엄마와 함께 살게 되었을 때 내가 떠나보낸 것이 바로 그 '홀로인 아침 시간'이다.

아침의 멍때리기, 아침의 커피, 아침의 음악, 아침의 산책은 이런 것들로 대체되었다. 쌀 씻기. 밥 안치기. 밥이 될 동안 냉장고 안을 쫘악 스캔해서 국과 반찬 만들기. 상 차리기. 엄마와 아침밥 먹기. 상 치우기. 식기세척기 돌리기. 여기에 고양이 세미에게 밥 주기, 물 갈아주기, 화장실 청소하기 같은 7년 된 루틴도 당연히 따라붙는다. 특별한 업무나 출장, 병원 방문 스케줄이 있는 날, 엄마가 박카스를 박스째 사는 날을 제외하면 대략 아침 7시 반 이후 이 일들을 반복한다. 엄마를 출근시키고 집으로 돌아오면 10시에서 10시 반 사이.

애초에 1년 12달 쫀쫀하게 가정 경제를 꾸리는 타입이 아니었던 내가 순식간에 살림꾼이 될 수 없었던 것은 당연하다. 새벽까지 야근하고 국과 반찬을 하기는 힘들었다. 어느 정도는 동네 반찬 가게의 국과 반찬을 이용해서 아침을 차렸다. 전날 저녁 전기밥솥의 예약 기능도 이용했다. 아침의 부산한 시간을 30분 정도 줄일 수는 있었다. 하지만 밤에 음식을 뒤적이고 쌀을 씻다 보면 결국 부엌일을 이것저것 해야 해서 밤늦게까지 쉴 수가 없었다. 부엌

일은 아침에 몰아서 하는 게 나았다. 장보러 갈 시간이 애매하니 사흘에 한 번꼴로 다양한 새벽 배송을 이용했다. 저글링 하듯이 여러 배송 서비스를 이용하고, 우리 동네는 물론 옆 동네 반찬 가게까지 대부분 섭렵했다.

    어려서부터 아침은 꼭 챙겨 먹었던 나는 아침을 대충 먹기 싫었다. 나를 그렇게 교육한 엄마도 당연히 아침은 챙겨 먹는 타입이었다. 말로는 매일 아침 "간단하게 먹자"라고 하면서도 "밥을 안 먹으면 힘이 안 나"라니. 그런 엄마의 혼잣말을 들으면 픽 웃음이 날 때도 있고, "간단한 게 정말 간단한 건 아니라고" 하며 혼잣말하기도 한다. 한편으로 내가 싼 부실한 도시락으로 점심과 저녁을 때우는 엄마가 아침이라도 제대로 안 먹으면 영양실조에 걸릴지도 모른다는 걱정도 들었다.

    그러던 차에 엄마의 건강검진에서 위궤양이 발견됐다. 엄마가 고관절 수술 후 수술 부위가 땅기고 아파서 진통제를 많이 먹었다고 고백했더니 의사가 그러면 큰일난다고 엄포를 놓았다. 진통제는 물론 음식 조절도 필수였다. 평소에도 맵고 짠 것은 안 드시게 하는 편이었지만, 보편적인 입맛에 맞게 양념하는 시중 반찬 가게를 더는 애용할 수 없게 됐다. 집에서 하는 요리의 비중을 훨씬 늘려야 했다. 안 그래도 심심한 반찬을 더욱 심심하게. 무슨 캠페인 같은 이 말을 내 의식 속에 저장했다.

그나저나 이게 대체 무슨 현상일까. 한 사람을 받아들였을 뿐인데. 집 안을 쓸고 닦고 요리하고 청소하는 일은 혼자일 때의 2배가 된 게 아니라 2의 2승, 어떤 때는 2의 N승이 되었다. 2의 N승이라니. 이건 엄마와 막 합쳤을 때 내가 도대체 왜 이렇게 할 일이 많은지 모르겠다고 했더니 결혼한 지 10년쯤 된 후배가 해준 말이기도 하다. "선배, 집안일이 두 배가 되는 게 아니라 두제곱이 되지 않아요?"라고.

결혼이나 동거도 둘이 모여 일이 몇 배가 된다. 한쪽이 크게 아프지 않은 한 서로의 영역이나 책임을 정해서 버틸 수 있긴 할 것이다. 물론 독박 육아나 독박 살림의 고충이 있겠지만. 그걸 경험할 일이 없었던 나는 이제야 비슷한 실감을 하게 됐다. 가족 돌봄은 내가 책임져야 했던 많은 것과는 책임감과 업무량(?)의 차원이 달랐다. 아버지의 병원 수발과는 또 다른 얘기였다. 심지어 작업량과 강도가 줄어들기는커녕 점점 늘어날 것으로 예측되니 한마디로 멘탈 붕괴 직전이었다.

엄마의 출퇴근 말고도 엄마의 아침 점심 저녁이 이렇게 큰 미해결 프로젝트가 될 줄이야. 고민이었다. 어떻게 하면 덜 피곤하고 덜 짜증 나는 하루하루를 보낼까. 어떻게 하면 나의 하루를 오늘도 제법 괜찮았다는 마음으로 마감할 수 있을까. 그 와중에 피곤하면 찾아오는 오랜 벗, 역류성 식도염이 재발했다.

나는 모른 척하거나 도망치기보다는 해결책을 찾는 게 훨씬 속 편하다는 주의다. 매일 밤 30분 만에 할 수 있는 메인 반찬 레시피, 15분 만에 할 수 있는 반찬 레시피를 찾아서 저장했다. 그중에 절반은 해본 것 같다. 혼자 먹었다면 가성비 떨어진다며 절대 하지 않았을 밑반찬들을 하게 됐다.

김치 대용인 맵지 않고 소금에 절이지 않은 무생채, 물에 여러 번 헹궈서 부드럽고 짜지 않은 견과류 멸치볶음, 브로콜리 삶기 귀찮아서 안 해 먹었던 브로콜리두부무침, 그걸 언제 다 채 썰어서 볶나 싶었던 감자채볶음, 늘 좋아했지만 데치기 귀찮아서 안 해 먹었던 숙주나물, 시금치나물, 콩나물, 간 마늘과 갖은양념이 들어가서 짭조름한 오이무침 대신 요거트를 섞어 만든 오이샐러드, 채칼로 당근을 착착 벗겨서 만든 당근라페, 양배추를 팍팍 썰어서 어묵과 볶아 만든 양배추어묵볶음, 뭉근하게 쪄낸 양배추찜, 순하게 하지만 다양한 양념으로 해본 가지무침, 전자레인지를 이용해 4분 만에 만드는 계란찜 등등.

(국은 매일 안 먹어도 된다더니) "아침엔 뜨끈한 거 먹자"라는 엄마 때문에 끓일 수밖에 없었던 여러 가지 국도 내가 할 수 있는 레시피 목록에 추가됐다. 냉동실에 남아 있던 청정 완도산 미역으로 끓인 소고기미역국, 무생채를 만들고 남은 것으로 갑자기 해보

게 된 황태뭇국, 고춧가루 안 넣고 심심해서 어떻게 먹지 싶었는데 의외로 시원했던 콩나물국, 실제로 나는 15분도 더 걸렸지만 온갖 인스타그램 레시피에서 5분 만에 후루룩 만들 수 있다고 해서 끓여 본 계란감잣국, 멸치육수 대신 쌀뜨물로 끓인 두부호박된장국, 순하디순한 순두부찌개, 생각보다 잘 끓여서 '나 재능 있나?'라고 착각하게 한 배추된장국과 시금치된장국, 국물 많은 소고기 샤부샤부, 이 사이에 잔뜩 끼어도 고소해서 맛있는 들깨버섯탕 등등.

관록의 주부님들이 보면 이게 뭐라고 써 놓은 게냐 하겠지만, 내게는 괄목할 만한 발전임이 틀림없어 적어둔다. 자의로 한 것은 아니지만 책임감 때문에 했던 것치고는 내게도 나쁘지 않았기 때문이다. 물론 손등이 따갑고 가려워서 겨우내 연고를 발라야 했던 주부습진이나 아차 하는 순간 칼에 베인 상처, 언제 어디서 데였나 싶게 돌아보면 생기는 온갖 화상 자국도 따라오지만.

삶이 어떻게 매일 환희가 가득하고 행복하기에 그지없으며 사랑이 차고 넘칠까. 나는 그런 건 바라지 않는다. 그저 "오늘 국이 잘됐네", "브로콜리두부무침은 따뜻할 때 먹어야 하는데", "사과 드실래요, 배 드실래요?" 정도의 대화를 나눌 수 있다면 그것으로 충분하다. 엄마는 지치지도 않고 엊그제나 일주일 전에 한 얘기를 지금 처음 하는 얘기처럼 대여섯 번째 되풀이하지만. 나는 "벌써 오백 번째야. 그 얘기, 그만 좀 해요"라고 하지만. 인제는 밤늦게

책상 앞에 앉아 원고를 쓸 때 들려오는 엄마의 우렁찬 드르렁 소리, "어어어!" 하면서 누군가를 찾는 듯한 엄마의 잠꼬대가 BGM이 되는 밤도 익숙해지고 있다.

할 일이 없어서
저래

　　엄마와 함께 살면서 내 취향과는 거리가 먼 일을 여러 방면에서 하게 됐다. 오후 8시 반에 시작하는 KBS 1TV 일일연속극을 보게 된 것도 그중 하나다. 엄마의 퇴근 후 낙이 일일연속극과 9시 뉴스데스크를 연이어 보는 것이다. 나는 야근이 일상이라 매일 볼 수 있는 건 아니지만, 옆에서 이런저런 집안일을 챙기며 엄마의 드라마 시청 관행에 추임새를 넣는 게 흔한 일과가 됐다.

　　거북목 자세로 TV에 빨려 들어가듯 연속극을 보고 있는 엄마 옆에서 주로 내가 하는 말. 아직도 주인공 둘이 서로 같은 회사 다니는 걸 몰라? 아직도 원수 같은 주인공 부모들끼리 안 마주쳤어? 아직도 저 남자가 재벌집 큰아들인 걸 몰라? 아직도 여자 주인공이 동료에게 모함당한 걸 몰라?

월요일에 시작한 갈등은 금요일이 될 때까지 아직도, 도저히, 해결될 기미가 없다. 당연히 금요일까지 해결되어서는 안 된다. 아니 금요일에는 새로운 갈등이 추가된다. 엄마 같은 열혈 시청자를 붙들어 놓아야 하니까. 그런 연속극을 지난 2년간 대략 3편 정도 본 듯하다. 제목이 기억나지 않아서 찾아보니, 처음으로 본 작품은 30년 전통 곰탕집 며느리이면서 남편을 사고로 잃은 싱글맘과 식품회사 회장 손자의 사랑 이야기를 다룬 〈내 눈에 콩깍지〉였다.

　그다음은 영화 제작사에서 감독과 배우 지망생인 직원이 사랑에 빠지는 〈우당탕탕 패밀리〉. 요즘은 〈수지맞은 우리〉가 방영 중이다. 온갖 영화와 드라마 사이에서 허우적대는 와중이지만, 이런 일일연속극은 모든 캐릭터가 같은 내용을 돌아가면서 친절하게 얘기해주기 때문에 스토리를 따라가려고 애쓰지 않아도 된다. 어르신들이 왜 좋아하는지 알겠다.

　거실 TV에 〈우당탕탕 패밀리〉가 나오고 있던 어느 저녁이었다. 우여곡절 끝에 맘에 안 드는 배우 며느리를 맞게 된 시어머니가 갓 결혼해 함께 사는 며느리에게 트집을 잡는 장면이 한창이었다. 베란다의 빨래를 걷고 있자니 내용이 잘 들렸다. 자기 아들은 촬영 스케줄이 바쁜 영화감독이라서 걱정인데, 배우인 며느리의 촬영 일정은 못마땅해하는 시어머니라니. 드라마 속 설정이라도 약간 어이가 없었다. 그때 엄마가 옆에서 하는 말.

"할 일이 없어서 저래."

"응?"

"저 시어머니가 하루 종일 하는 일이 별로 없어. 방에 앉아 있고, 거실에 앉아 있고. 아니면 쇼핑하고. 정신없이 바빠 봐라. 트집 잡을 겨를이 있냐. 집에 오면 곯아떨어지지."

빙고. 극 중 시어머니는 꽤 젊었다. 그런데 딱히 일이 없고, 갈 데도 없었다. 늘 넓은 집 거실에 앉아서 이런저런 마음의 생각을 독백으로 드러낼 뿐. 돈을 버는 일 외에 무언가에 몰입하고 정성을 들이는 것, 삶에서 나를 다시 들여다보는 것도 중요한 일인데, 극 중 시어머니는 오로지 남을 신경 쓰는 데만 골몰하고 있었다. 아하. 고부 관계 갈등의 해법은 일자리였나? 게다가, 많은 것을 가진 이들은 알고 보면 매일 돈을 쓰거나 불리기 위해서라도 무척 바쁘다. 일일연속극은 규모의 한계로 여러 장면에서 축약과 생략의 미덕을 추구하겠지만, 가진 자들에게도 존재할 삶의 리얼리티를 너무 축약해서 쓴 건 아닌가 싶다.

엄마가 연속극 캐릭터의 신경증과 우울증에 관해 대단한 분석을 한 건 아니다. 하지만 엄마는 안다. 살면서 접하는 모든 것으로부터 발견할 수 있는 '일의 중요성'을. 늘 "내가 약국을 해야 한다. 그게 내가 건강하게 오래 살고 모두 피곤치 않은 길이다. 내가 약국을 안 하면 내가 먹는 약도, 너희가 먹는 약도 다 돈 주고 사 먹어야 해"라는 결론에 이르기는 하지만. 약국을 안 하고 열심히 노는 일을 의미 없게만 여기는 데도 이유는 있다. 엄마에게 다른 방식으로 노는 것은 약국에서 약을 조제하고 사람들에게 약을 설명하는 것보다 훨씬 재미가 없다. 약을 판매하면 돈도 벌고 재미도 번다. 아직 스스로 뭔가 기능하고 있다는 의미와 재미의 일체화가 엄마에게는 약국이다.

그러고 보니 나도 고민된다. 할 일이 없어서 괜한 트집을 잡는 것보다 일에 치여서 피곤함에 절어 자는 게 나을까. 양쪽 다 원하는 바는 아니지만 딱 하나만 골라야 한다면 역시 나는 후자다. 심심해서 남을 괴롭히는 인생은 곤란하니까. 내가 며느리를 볼 일은 없겠지만, 지긋한 나이에 이상한 아집을 부리다가 누군가에게 "할 일이 없어서 저래"라는 소리를 듣는다면? 그것참, 상상만 해도 아찔하다.

점심은
먹고 싶지
않습니다

평소 하는 짓거리로 봐선 다들 믿지 않겠지만, 나는 모태신앙이다. 평일을 바쁘게 보내고 나면 주일은 엄마의 약국 근처에 있는 교회에 간다. 교회는 약국에서 도보로 5분 거리다. 엄마의 교회는 나도 초등학생부터 대학생 때까지 다녀서 익숙하다. 그 시절을 함께 보냈던 동갑내기들이나 교회 언니, 오빠들을 여전히 만날 수 있는 곳이다. 지난 몇 년간 나는 다른 교회에 다녔지만, 언제 떠났냐는 듯 반가운 얼굴로 맞아주는 이들이 한가득하다. 다들 예전과 똑같은 얼굴에 주름만 새겨진 터라 오랜만에 봐도 다정하게 느껴진다.

엄마와 살게 되니 몸이 불편한 엄마를 두고 내가 다니던 교회에 예배를 드리러 갈 수는 없었다. 살면서 그런 포기는 할 수 있다고 여겼다. 엄마와 함께 교회를 다니는 게 어디 나쁜 일인가. 그 교회가 낯선 곳도 아니고. 하지만 내 삶의 패턴을 점점 그리고 결국에는 전부 엄마의 삶에 맞춰 수정한다? 그건 생각해 봐야 할 문제였다. 나는 포기를 기꺼이 감내하는 타입의 인간이 아니었으니까. 이런 건 엄마를 닮았다.

엄마와 교회에 가면 가장 난감한 것은 점심을 먹고 가라는 권유였다. 교회에서의 점심 식사는 성도들의 교제에 있어서 매우 중요한 시간 중 하나이며 점심을 함께 먹자는 권유는 당연히 선한 의도이다. 엄마는 그러고 싶어 했다. 하지만 나는? 평일 내내 엄마와 아침을 먹고 도시락을 싸 드린 후 출퇴근을 시키다가, 일요일에도 엄마와 아침을 먹고 교회에 함께 오면서 약국에서 먹을 도시락까지 싸 들고 나오는 나는? 심지어 일요일 오후에도 온갖 마감이나 일정 때문에 쉬지 못하는 프리랜서인 나는? 요새 무슨 일을 하냐, 결혼은 왜 안 했냐, 난자는 냉동했냐 등등 온갖 질문에 상냥하게 답해야 하는 나는? 아는 이들의 다정함이 고맙지만, 때로는 난감했다.

일요일 점심은 혼자서 마음 편히 먹고 싶다. 어차피 저녁에는 또 약국에 가서 엄마를 퇴근시켜야 한다. 주일 오후에 쉬지 못하고 일하는 때도 많다. 휴일이 따로 없는 프리랜서의 사정을 일일이 이해시킬 수도 없고. 프리랜서 대심방이라도 기획해야 하나. 세상에는 주 5일 일하는 직업만 있는 게 아닌데. 그 사실을 아직도 잘 이해하지 못하는 어르신들이 계셔서 나는 가끔 시험에 든다.

그렇다면 엄마만 교회분들과 교제하고 점심 먹게 해드리고 오면 되지 않냐고? 엄마는 여전히 혼자 걷기 힘든 몸이다. 휘청휘청 걷는 걸음으로는 혼자 균형을 잡기 힘들어 자칫하면 다시 넘어질 수 있다. 누군가 부축을 하고 약국으로 와야 한다. 즉, 교회 안에서부터 엄마를 챙겨 화장실에 가고, 엘리베이터를 함께 타고 식당에 가고, 약국까지 부축해 주는 사람이 필요하다. 그렇게 매주 챙겨줄 사람을 찾기는 어렵다. 부탁을 하는 사람도 받는 사람도 부담스러운 일이다. 가족이 아니면 쉽사리 챙길 수 없는 일. 그래서 나는 3년째 주일 예배가 끝나면 아침에 싸 온 도시락을 들고 엄마를 부축해 약국으로 걸어가거나 엄마를 태우고 길을 돌아 약국 근처에 차를 대고 있다. 한 달에 한 번은 남동생이 교대해 주는데, 평일 내내 업무에 절어서 지낸 녀석에게도 결코 쉬운 일은 아니다.

엄마가 교인들과 점심 먹고 교제할 때까지 기다려주지도 않는, 엄마를 대놓고 귀찮아하는 되바라진 딸. 바쁘면 얼마나 바쁘다고 저런데. 이런 수군거림을 들어도 괜찮았다. 못되게 보여서 내 자유가 허락된다면 오케이. 엄마도 아쉬운 마음을 숨긴다. 나의 피곤함을 모르는 것도 아니어서 주일에 점심을 먹고 가라는 권유를 넌지시 거절한다. "나는 집이 가까우니까 괜찮지. 멀리서 온 사람들은 집에 가려면 배고플 테니 먹고 가야지." 하지만 교인들이 재차 물으면 결국 묻어둔 진실을 끄집어내듯 말한다.

"아유… 딸 때문에. 우리 딸이 바빠서."

교회에서 교인들과 아름다운 교제를 나누는 것은 엄마의 건강한 삶에도 도움이 될 것은 분명하다. 나 때문에 폭발 직전인 스트레스도 풀 수 있는 길이다. 그런데, 그런 아름다운 교제의 시간마저 딸의 시간, 딸의 인내가 바탕이 되어야 하는지는 잘 모르겠다. 그런 희생이 왜 나쁘냐고 누군가 물으신다면 아무튼 저의 죄를 사하여 주옵시고…. 나는 그저 나의 작은 자유를 바랄 뿐이다.

'주일에 교회에서 점심 먹기'에 관해 생각하면, 공동체의 역할을 다시 질문하게 된다. 돌봄을 함께하는 사회와 공동체의 기능. 가족 돌봄을 프리랜서 싱글 딸이 도맡는 게 안됐지만 어쩔 수 없다고, 너 아니면 누가 하냐고 여겨지는 세상에서, 나 같은 부류의 이웃을 신경 써주는 공동체는 어쨌거나 교회이기는 하다. 엄마의 주일 점심 동행을 도와주려다가 사정이 여의찮아 미안해하신 분도 계셨으니 그 마음만이라도 감사하다.

다행히도 몇 주 전 엄마와 함께 점심을 먹고 약국까지 부축해 주겠다는 교인이 나타나셨다. 바로 엄마의 약국 옆 건물에서 10

년 넘게 '김밥천국'을 하시다가 은퇴하신 사장님이다. (그 김밥집은 역시 천국이었어!) 물론 오래오래 해주실 상황은 안되었지만, 몇 번만으로도 족하다. 내 점심에 자유를 준 나의 구원자. 그리고 이번 주일도 마음속으로 생각한다. 죄송합니다만, 점심은 먹을 수가 없어요. 일하러 가야 하구요. (언젠가 바뀔 때가 오겠지만) 지금은 점심이 먹고 싶지 않습니다.

2부

내 인생의 복약지도

'박카스'는 피로회복제가 아니었으니

고관절 수술을 한 후 엄마는 매일 아침 10시에서 10시 반 사이에 약국 문을 열었다. 움직임이 조심스러워서 그만큼 출근 준비에 시간이 걸리기 때문이다. 다치기 전에는 고령의 몸이어도 아침 8시 반에 약국 문을 열었지만, 달라진 상황에서는 무리였다. 프리랜서인 나는 작업을 하다 보면 새벽 1시나 2시에 자기 일쑤다. 혼자 살 때는 아침 8시에 일어났지만, 엄마와 같이 살게 되면서 7시 반에 일어나는 걸로 타협했다. (침대에서 30분은 허우적댄다.) 새벽 5시부터 출근을 준비하는 직장인과 비교하면 현저히 늦은 시간이지만, 내 라이프 사이클에서는 괜찮은 기상 시간이었다. 그런데 이제는 얘기가 달라졌다.

"이제 월요일은 아침 8시까지 가야 된다!"

"아니, 왜?" (도통 바로 알겠다고는 대답하지 못하겠다. 엄마가 8시까지 약국에 가려면 나는 아침 준비를 위해 6시에 일어나야 하니까.)

"박카스 트럭이 8시 반에 오니까 그때 약국에 있어야 해."

"아니, 박카스 트럭은 왜 꼭 그때 와요?" (오래전부터 그때 왔다. 내가 모르고 있었을 뿐.)

그러고 보니 새삼스럽다. 박카스를 안 파는 약국이 상상이 가나? 엄청난 문제가 있어서 '대한약사협회'가 박카스를 보이콧하지 않는 한, 그럴 일은 없을 것 같다. 박카스뿐이랴. 비타500, 원비디 같은 자양 강장, 피로 해소 드링크가 없는 약국은 상상하기 어렵다. 그런데 그것들은 다 저절로 약국 냉장고 안에 놓이지 않는다. 일단 누군가 약국까지 배달해 줘야 한다. 제약회사 영업직원들이 그 일을 맡는다. 전문의약품이 아닌 일반의약품에 속하는 박카스 같은 자양강장제는 영업직원이 배달 트럭을 몰고 거래처 지역의 약국에 직접 납품한다.

아마도 새벽 5시나 6시에 트럭에 박카스 상자를 무수히 싣고 출발해서 맡은 구역의 약국들을 정해진 시간 안에 순서대로 돌아야 할 테니, 결코 쉬운 일이 아니다. 엄마는 약국을 하는 세월 동안 눈이 오나 비가 오나 1주일 혹은 2주일에 한 번은 박카스 트럭을 만나왔던 것이다. 그래서 영업 담당자와 전화 통화를 할 때 누구누구 씨 하면서 이름을 부른다. 이 이름도 수십 번은 바뀌었겠지. 휴대전화 너머로 들리는 "네, 약사님! 몇 시쯤 들릅니다" 하는 직원분의 목소리도 부드럽다. 박카스 영업직원들과 동네 약사들 사이에는 오랜 세월 나름의 라포가 형성돼 있는 것 같았다. 그게 다 영업 노하우일 텐데, 그래도 대단하다. 여기저기 딸보다 상냥한 존재들이 가득하다.

    1인 약국의 약사로서, 엄마는 박카스 트럭과의 만남을 놓치면 큰 낭패다. 우리 동네를 담당하는 동아제약의 친절한 영업직원이 박카스 10병이 든 상자 10개가 들어 있는 큰 박스를 하나도 아니고 몇 개씩이나 엄마가 원하는 위치에 들여놓아 주기 때문이다. 거동이 불편하고 무거운 물건을 들기 힘든 할머니 약사에게는 특히나 고마운 일일 테다. 그런데 알고 보니 엄마는 특혜까지 누리고 있었다. "내가 딸 집에 와 있는데(같이 살면서 꼭 이렇게 표현한다) 아침에 일찍 약국에 갈 수가 없어요. 어떡하죠?" 필요 이상으로 자세한 설명 때문인지 친절한 영업 담당자는 한동안 오후 시간에 따로 들러주는 배려심과 유연성을 발휘했던 것이다. (뒤늦게나마 감사한다. 나의 아침잠도 사수해 주신 셈이니.) 하지만 이런 호의는 오래 갈 수 없고, 그래서도 안 된다. 영화 〈부당거래〉의 그 유명한 대사도 있지 않나. "호의가 계속되면 그게 권리인 줄 알아요."

더는 오후 배달이 어렵다는 통보를 받은 엄마는 나를 채근하기 시작했다. 역시나. 장성한 딸과 노년의 엄마가 아침잠에 관한 라포를 형성하는 데는 얼마나 많은 시간이 필요할까.

동아제약이 1963년부터 판매한 박카스. 15세 미만은 마시기를 권하지 않는다지만, 나는 초등학교 6학년 때부터 가끔 몰래 마셨다. 박카스는 우리집 냉장고에 늘 있었다. 박카스를 약국이 아닌 마트, 편의점, 할인점에서 살 수 있게 된 것은 21세기도 한참 지난 2011년 이후였다. 약국집 둘째였던 내가 박카스를 마실 수 있었던 것은 아이스크림집 아이나 빵집 아이가 자기도 모르게 얻을 수 있었던 혜택 비슷한 것이었을까. 엄마가 약을 사러 온 사람들에게 복약지도를 하거나 바쁘게 약을 조제하고 있을 때 약국 냉장고에서 몰래 하나씩 꺼내 먹었던, 시원한 여름날의 박카스가 종종 기억난다. 마시면 약간 '얼큰'한 기분이 됐다. 이른바 '얼른 큰' 기분. 타우린과 카페인의 효과일 수도 있다. 자양강장제의 시조 격이자 '단짠'의 맛 균형을 지닌 박카스의 얼큰함이 혀를 거쳐 뇌에 선명하게 각인돼 있다. 이때부터 나는 카페인에 인이 박인 체질이 된 것 같다.

2011년 이후 편의점에서 파는 박카스F에 비해 약국에서만 파는 박카스D에는 타우린 1,000mg이 더 들어 있다. 모르긴 몰라도 전국의 낡은 빌라가 허물어지고 아파트가 무수히 들어서는 데 이바지한 공사 현장의 노동자와 이른 아침 출근하는 전국의 직장인이 약국에 드나들며 박카스를 사 마셨을 것이다. 엄마의 약국에도 그런 이들이 많이 왔다. 약국에서만 파는 박카스D의 고강도 피로 해소 효과를 기대하면서. 자, 그런데 문제는 여기에 있다. 그러려면 약국 냉장고 안에 시원한 박카스가 낱개로든 상자로든 쌓여 있어야 한다. 세상에 미지근한 박카스만큼 맛없는 게 없다. 미지근한 게 다 별로인 건 아니지만, 박카스는 완전 별로다. 사람들은 매섭게 추운 날에도 냉장고에서 꺼낸 차가운 박카스를 달라고 한다. '얼죽아'와 쌍벽을 이루는 취향이다. 애초에 박카스를 잘 안 마시는 사람이 따뜻한 쌍화탕을 찾는 것이다.

어린 시절 박카스 병 10개들이 한 상자를 뜯어서 병 하나하나를 약국 냉장고 칸마다 쌓는 일은 내 책임이었다. 뚜껑의 로고가 정확히 보이게, 병에 붙어 있는 상표 스티커가 병을 눕혔을 때 정 가운데에 놓이도록 쌓는다. 누가 상을 주는 것도 아닌데 냉장고 칸마다 가득가득 잘 쌓아놓고 나면 왠지 뿌듯했다. 엄마는 나의 이런 심리를 간파했다. 더 자주 더 많이 냉장고에 박카스를 쌓게 했다. 냉장고가 비면 재빨리 채우도록 부추겼다. 삼 남매 중에서 내가 제일 잘한다고도 칭찬했다. 그게 뭐라고. 그 말을 들으면 그렇게 신이 났다. 약국과 친하지 않았던 언니와 동생은 대체 얼마나 영리했던 것인가. 대학생 때는 TV에서 박카스 CF가 등장하면 내심 일반인 모델로 나를 캐스팅해야 한다고 생각했다. 어려서부터 박카스를 마시고, 박카스에 헌신한 나 같은 사람이 있다는 것을 세상에 알려야 한다고!

언젠가부터 나의 우둔함을 깨닫고 약국에 가면 냉장고를 외면했다. 솔직히 그 결심이 얼마나 힘들었는지 모른다. 직장생활을 하는 와중에도 약국에 오면 비어 있는 냉장고 안에 드링크제를 채워 넣고는 했기 때문이다. 아무도 시키지 않았는데. 월간지 기자를 거쳐 주간지 기자로 온갖 마감을 하던 시절에 나는 이미 충분히 피곤했는데. 냉장고에 박카스를 착착 채워 넣는, 그 야릇한 감각을 아는 내 손이 원망스러웠다. 인간은 참 별것 아닌 일에도 아드레날린이 발산된다.

냉장고에 넣어야 할 드링크는 박카스뿐만이 아니다. 알프스디, 원비디, 컨디션 등등. TV 광고를 하지는 않지만, 효능이 좋다는 제약회사 드링크제가 수도 없이 많다. 겨울에는 온장고를 채워야 했다. 광동 쌍화탕, 부채표 쌍화탕, 둘 중 어느 회사 것인지는 가물가물하지만 생강이 들었다는 생강쌍화탕…. 과거에는 파트타임 약사를 두었지만, 최근 10여 년간은 혼자 약국을 해온 엄마는 박카스 한 상자는 한 손으로 충분히 들 수 있을 만큼의 악력을 자랑했었다. 손등에 툭 불거진 힘줄이 그 노력을 말해주었다. 하지만 고관절 수술을 하고 재활 과정 전에 모든 근육이 빠져버린 엄마가 박카스 한 상자를 손으로 움켜쥐기까지는 꽤 시간이 걸렸다. 박카스 한 상자를 사러 온 손님의 눈에 엄마는 마치 〈주토피아〉의 나무늘보처럼 천천히 움직였을 것이다. 차마 "빨리요!"라는 말을 못 한 채 끈기 있게 기다려준 손님들에게 감사의 인사를 전한다. 못 견디고 나가버린 분들에게도 감사한다. 엄마가 버틸 수 있을 만큼의 손님이 와준 것도 다행이기 때문이다.

로마신화에 나오는 술의 신 '박쿠스'의 이름을 딴 박카스는 현대사회를 비집고 들어온 노동의 음료다. 피로를 이기려고 마시는 사람은 많아도, 신나게 놀려고 마시는 사람은 없지 않을까. 약국의 쓰레기통에는 박카스 병이 무수히도 쌓인다. 얼마나 많은 이가 여기에 기대고 있었을까. 이 병을 모두 거대한 비닐봉지에 담아서 '내 가게 앞 재활용 쓰레기'로 내놓을 때조차 상당한 노동력이 필요하다. 엄마가 다친 후로는 몇 년째 약국에 드나들며 박카스를 사 가는 손님 한 분이 쓰레기통 한가득 담긴 병들을 약국 앞길에 내놓아 주신다고 한다. 어떻게 그분이 올 때에 맞춰 쓰레기통이 꽉 차는 것인지. 순전히 엄마의 관점에서지만, 불가사의한 인연이다. 그때 그분에게 박카스는 공짜다. 만남부터 이별까지, 노동으로 꽉 꽉 채워져 있는 박카스는 내게 단순한 피로회복제가 아니다. 살면서 누군가는 어쩔 수 없이 해야 하는 노동의 파트너다.

퇴근한 엄마가 말한다.
"피곤하지. 이거 먹고 내일은 진짜 일찍 일어나야 해."
엄마가 내민 손에 박카스와 영양제가 들려 있다.
마감에 시달려 몹시 피곤한 나는, 또 그걸 마시고 있다.

'까스활명수'든지
'까스명수'든지

약국에 놓여 있는 '까스활명수'와 '까스명수'를 보면서 늘 생각했다. 이것은 '마시는 소화제 유니버스'의 마블과 DC, 코카콜라와 펩시콜라, 네이버와 카카오로구나. '까스활명수'와 '까스명수'는 한 글자 차이지만 분명 다른 개성의 맛을 지녔다. 소화제를 맛으로 먹냐고? 약국에서 파는 일반 약 가운데 먹을 수 있는 건 대부분 먹어본 약국집 딸로서 나는 약의 맛을 중요하게 여긴다. 몸에 좋은 약은 꼭 입에 써야 하나? 맛도 좋으면 더 좋지 않나? 내 경우는 한 모금 마셨는데 찝찔한 맛이라면 삼키기 싫어진다. 소화에 도움이 되기도 전에 입에서 방출된다.

그런 의미에서 '까스활명수'는 독보적이다. '몸에 좋은 콜라맛'이다. 입안이 환해질 만큼 시원한 '까스'의 타격감이 첫 모금부터 끝까지 이어진다. 가끔은 얼음 잔에 부어 먹고 싶다는 생각까지 든다. '까스명수'는 처음에는 평범하다가 시간 차를 두고 터지는 느낌이다. 뒤가 세다. 둘은 각자가 이 분야의 1등이라고 외칠 텐데, 소비자는 알고 있다. '마블'과 'DC' 가운데 어느 쪽이 더 상승세인지 하향세인지 관객이 아는 것처럼.

이미 전통의 강호들을 위협하는 후발주자도 많이 나왔다. '베나치오', '백초수', '위생천', '위청수', '속청', '속청쿨', '평위천' 등등. 맛으로 치자면, 이 중에서 내 취향에 가장 근접했다고 볼 수 있는 건 '노루모액'이다. 이 계열에서 비교적 순진하다고 할까. '베나치오'도 마음에 들지만, 최근에는 체할 때면 자꾸 '노루모액'에 손이 간다.

나는 왜 마시는 소화제의 이름을 줄줄이 꿰고 있는 걸까. 제약회사 개발팀이나 영업팀 직원도 아닌데. 다 엄마 때문이다. 나는 급체를 하면 손끝을 따거나 손의 특정 부위를 주무르고 등을 두드리는 민간요법 대신 액상 소화제를 마시거나 '한국인의 소화제 훼스탈' 같은 알약 소화제를 먼저 먹고 보는 게 당연한 삶을 살았다. 한국인이 일본 여행을 가면 많이 쓸어 담아 온다는 소화제 '카베진'과 '오타이산'을 나는 한 번도 먹어본 적이 없다. 불굴의 애국자라서 그랬다기보다는 우리집에 소화제가 너무 많았기 때문이다. 여행을 가도 출장을 가도 늘 소화제를 상비약으로 챙겨갔다. 다른 나라 약을 사 먹어야겠다는 생각 자체가 애초에 싹틀 수 없었던 환경에서, 한국인의 소화제를 누리고 살아왔다.

나는 밥을 대충 씹어 삼키는 편이라서 잘 체한다. 안 그래도 빨리 먹는데, 조금만 욕심내서 먹으면 결국 후회하는 일이 벌어진다. 자세도 구부정해서 글을 쓴다고 앉아 있는 시간이 많은 날일수록 급체를 경험하거나 소화불량으로 더부룩한 배를 부여잡고 하루 종일 꺽꺽대기도 한다. 지금은 비교적 잘 달래서 이별한 사이지만, 30대부터 40대 초반까지 역류성 식도염과 절친했다. 영화 월간지와 주간지 기자 시절에는 마감하면서 야식 먹느라, 방송작가로 일할 때는 빨리 먹고 마감하느라 역류성 식도염을 달고 살았다. 역류성 식도염을 조기 진압하면 좋았겠지만, 병원에 가는 게 귀찮아서 엄마 집(약국)에 가는 편을 택하고는 했다. 증상이 심해지기 전까지 많은 사람이 그러는 것처럼. 그리고 자주 소화제를 찾았다. 어쩌겠는가. 손 뻗으면 닿을 곳에 있는 저 소화제들을.

빨리 먹는 밥과 소화제. 이 둘이 연결되는 삶을 살고 있다면, 아마도 그 삶을 사는 사람은 나름대로 열심히 살고 있고, 그래서 힘들 것이다. 밥을 빨리 먹을 때 드는 어떤 상실감과 서글픔이 그 힘듦을 강화하는 이유 중 하나다. 재료의 맛을 하나하나 음미하면서 먹지 못하고 목구멍에 꾸역꾸역 밀어 넣을 때면 내가 이렇게 밥 먹으려고 이 일을 하고 있나, 뭐 그런 생각이 들지 않나. 예전에는 왜 이렇게 허겁지겁 밥을 먹냐는 소리를 들을 때마다 괜히 민망하고 부끄러웠다. 멀리, 넓게 보지 못하고 사는 사람이 된 것 같아서. 하지만 지금은 다르다. 그렇게 생각하거나 말거나. '까스활명수'를 마시든 '까스명수'를 마시든 약국 안의 온갖 소화제를 다 털어먹고서라도 오늘 일을 잘 끝내고 싶다. 꼭 해야만 하는 일이라면 아프지 않고 제대로 하고 싶은 마음. 요즘은 그게 다다.

알고 보면 일 때문에 식사를 제때 챙기기 힘든 직업군이 상당히 많다. 오늘 구내식당이나 단골 식당 점심 메뉴는 영 별로였다고 투덜댈 수 없는 사람들. 엄마도 그렇다. 의외로 1인 약국 약사의 점심시간도 보장받기가 어렵다. 오전 내내 찾아오는 사람이 없다가도 점심시간에 밥 한술 뜨려고 하면 누군가 기다렸다는 듯이 약국 문을 열고 들어온다. 먹다가 일어나서 약을 주고 다시 앉아서 먹는데, 또 누군가 온다. 그런 일이 몇 차례 반복된다. 따끈했던 밥은 어느새 차가워지고 열기가 사라진 밥처럼 밥맛도 사라진다.

'점심시간'이라고 쓴 팻말을 걸고 문을 잠근 다음에 밥을 먹으면 되지 않냐고? 엄마가 그렇게 해본 경우도 꽤 된다. 그런데 희한하게도 그런 날이면 꼭 용건이 급한 사람들이 약국 문을 계속 두드린다. 그 소리에 밥숟가락 드는 마음이 불편해져서 결국 문을 열고 마는 것이다. 종합병원 응급실도 아닌데, 동네 약국은 브레이크

타임이 없다. 일종의 동네 응급실이라서 그런가. 저녁도 마찬가지다. 기껏 앉아봤자 도로 일어서니 밥이 입으로 들어가는지 코로 들어가는지 모른다. 기마자세로 밥을 먹어야 하나.

엄마는 다치기 전까지는 오랫동안 조제실 한쪽에 서서 밥을 먹었다. 이제 서서 먹기 힘든 허리와 다리 때문에 내가 싸준 도시락을 매대에 펼쳐놓고 점심, 저녁을 먹는다. 밥 먹다가 약국 앞을 지나가는 사람들과 눈이라도 마주치면 민망하지 않을까 싶은데, 50년 동네 약사 경력이 그 정도 민망함은 끄떡없게 해주나 보다. 간혹 어떤 분들은 엄마가 밥 먹는 모습을 보고 들어와서 의자에 앉아서 기다리다가 약을 사 가기도 한다. 약국에 찾아온 사람을 응대하느라 쌓인 세월 때문인지 엄마는 밥을 꼭꼭 씹으면서도 엄청나게 빨리 먹는다. 밥 빨리 먹기로는 내가 평생 본 사람 중에서 상위 1%다. 그렇게 밥을 빨리 먹으면서도 잘 체하지 않는 것이 다행이다. 천천히 먹으며 일해도 별문제 없는, 위가 편안한 나날이 이어지면 더 좋겠지만.

삼시 세끼 중 유일하게 엄마와 마주 앉아 먹는 아침 식탁에서, 우리는 딱히 한마디도 안 하고 밥을 먹는 날도 꽤 된다. 밥과 반찬의 맛에도 집중하지만 더불어 밥을 먹는 속도에 집중한다. 얼른 먹고 해야 할 일들을 생각하면서. 그리고 오늘은 내가 엄마보다 더 빨리 먹었다. 야호…!?

'컨디션'을
부어라, 마셔라

 나는 술을 잘 못 마신다. 소주 한 잔만 마셔도 금방 취하고 머리부터 발끝까지 새빨개진다. 맥주는 반 컵 정도면 이미 알딸딸한 수준. 어릴 때도 부모님이 집에서 술 한잔하는 광경은 명절 때 빼놓고는 본 기억이 없다. 사실 명절 때도 없다. 나를 포함한 삼 남매가 성인이 되어서도 함께 술잔을 기울이는 추억 같은 것은 만들지 않았다. 음주에 관해서만큼은 모험심 제로인 패밀리.
 그러고 보니 딱 한 번 있다. 아버지가 돌아가시기 전, 어느 명절에 중국집에 모였을 때다. 아버지가 아주아주 귀한 술이라며 가방에서 빨간 술병을 꺼내더니 나와 형부에게 맛을 보라고 했다. 알코올 찌질이 유전자 보유자인 내게도 그 술은 진하고 아름다운 잔향이 남았다. 아버지가 돌아가시고 엄마가 다친 후 이사를 하고 보니, 그 술병이 보이지 않았다. 설마, 이삿짐 정리 이모님이 오래된 것 같다고 싱크대에 버린 그게…? 어차피 마시지 못할 거였지만, 왠지 많이 아까웠다.

 술을 못 마시는 주제에 영화잡지 취재기자로 일할 생각은 어떻게 했는지 모르겠다. 음주를 강권하던 90년대 말이었으니까. 그 시절 나도 술이 늘기는 늘었다. 안주를 끊임없이 흡입하며 소주 6잔, 맥주 3잔까지 마셔보았다. 여기서 살짝 더 마시면 화장실 바닥이 내게 달려들고, 빌딩숲이 내 쪽으로 무너졌다. 하지만 프리랜서가 된 이후에는 회식에 동참해서 강제 음주를 할 일은 줄어들었다. 1년쯤 지나니 내 주량은 타고난 수준으로 원상 복귀되었다.

 좋은 사람들과 적당히 술을 마시는 분위기는 좋아한다. 술을 따를 때의 소리도 좋아한다. 주변의 사람들 혹은 마주 앉은 친구가 딴 와인이 잔 속으로 낙하하는 소리. 컵에 부은 맥주에서 거품이 일다가 사라지는 소리. 그런 소리를 들으면 피곤했던 내 몸의 컨디션이 조금 살아난다. 이 정도면 술을 좋아할 법한 심성인데. 내 세포가 내 마음대로 안 된다.

 술을 못 마시는 연유로 '컨디션'은 내가 엄마의 약국에서 전혀 손대지 않는 종류의 드링크제다. 술을 못 마시니까 더욱 '컨디션'을 마셨어야 하지 않냐고? '컨디션'은 내가 대학교를 졸업하던 해 숙취해소제라는 신생아로 태어났다. 콩나물국이나 선짓국, 북

엇국 같은 전통의 해장국이 차지하고 있던 숙취 해소의 대륙에서 처음으로 숙취해소음료 시장을 개척해 30년 넘게 장수한 녀석이다. 시대의 변화에 발맞추는 처세술도 좋다. 음료에서 스틱으로, 환으로도 만들어지면서 남녀노소 술고래의 사랑을 받았으니. 나는 그 가운데 어느 것도 입에 넣어본 적이 없다. 이게 자랑인지 아닌지 구별이 안 될 정도로 술을 못 마시는 것이다.

'컨디션'이 필요해질 정도로 마시고 싶은 날이 없다. 나는 슬퍼도 기뻐도 우울해도 이상하게 혼술 할 생각이 안 난다. 슬플 땐 아예 술 없이 울어야 우는 것에 더 집중할 수 있다. 기분 좋을 때는 굳이 술이 없어도 맛있는 것으로 해결이 가능하다. 내가 건네는 "한잔할까?"라는 말은 대체로 오랜만에 얼굴 보자는 인사이고, 그때 술을 마셔도 안 마셔도 별 상관이 없다.

술을 맛깔나고 운치 있게 마시는 이들은 멋스럽다. 나에게 없는, 내 몸의 컨디션으로는 도달할 수 없는 경지다. 술자리에 가면 나는 주로 두 가지 중 하나가 된다. 초반부터 혼자 얼굴이 벌게져서 졸린 눈을 하고 있거나, 끝까지 전혀 안 마셔서 그날 술자리의 모든 것을 기억하거나.

가끔은 내일을 생각지 않고 부어라 마셔라 해보고 싶다. 다음 날 지끈거리는 머리를 부여잡고, '컨디션'을 사러 약국에 가고 싶다. 근데 그 약국 약사님이 우리 엄마···. 아, 관둬.

'신신파스'와 '케토톱', 이민자의 만병통치약

    약사로서 엄마의 지론은 먹고 바르거나 먹고 붙여야 더 빨리 낫는다는 것이다. 몸의 안과 밖을 동시에 공략하여 약효를 두 배로 만드는 셈이니 당연히 효과가 좋기는 할 것 같다. 그래서 내가 붙이거나 바른 파스는 몇 통이고, 내가 먹은 진통제나 근육이완제는 몇 알인가. 20대와 30대 때는 "됐어요. 뭘 또 먹어? 뭘 자꾸 붙여?" 하면서 대충 견뎠다. 40대 이후로는 먹고 바르거나 먹고 붙이는 건 필수라고 생각하게 됐다. 무섭다.

    내가 언제부터 파스를 붙이기 시작했는지는 기억나지 않는다. 하지만 파스 때문에 느꼈던 어떤 강렬한 효과는 기억하고 있다. 30대 초반에 큰맘 먹고 헬스클럽에서 PT를 받았을 때다. 트레이너가 내 어깨를 만지더니 말했다.

"돌이네요. 프로게이머 10년 차 어깨 같아요."

차라리 프로게이머였으면 좋았을걸. 쥐꼬리보다 조금 많은 월급이나 원고료를 받으려고 오래 앉아 있는 직업은 승모근의 통증과 뭉침에서 절대 벗어날 수 없다. 영화 주간지 기자 시절에는 어깨가 아픈 정도가 아니라 하도 쓰라려서 원고를 마감하다가 울었던 적도 있다. 지금은 프로게이머 30년 차 어깨쯤 되려나. 정형외과를 슬쩍 다녀보고, 필라테스도 해보는 등 근근이 승모근을 다스리며 살아왔다. 요즘도 승모근은 틈만 나면 성을 내지만 목 디스크나 허리 디스크까지 오지 않아서 그나마 다행이다.

그런데 한밤중에 그 쓰라린 통증을 어떻게 할 수가 없어서 잠을 설칠 때가 있다. 그럴 때는 누구에게도 도움을 청할 수가 없다. 종합병원 응급실까지 달려갈 일은 아니니 그저 파스에 의지해야 한다. 마치 쓰라린 통증의 한가운데, 통증 핵의 눈을 파고들어 더욱 후벼 파는 듯하다가 서서히 잠잠하게 만들어주는 파스의 효과를 그렇게 실감했다.

파스도 종류가 많다. 통증 부위를 시원하게 해주는 쿨파스, 찜질하듯 뜨끈뜨끈하게 해주는 핫파스, 로션처럼 바를 수 있는 물파스, 향수처럼(이라고 위로하면서) 뿌리는 에어파스 등을 다 써봤다. 내 경우에는 핫파스보다는 쿨파스가 더 느낌이 좋았다. 핫파스는 너무 따갑게 아픈 느낌이고, 쿨파스가 통증도 다스리면서 정신도 번쩍 들게 했기 때문이다.

엄마의 약국에도 몇 종류의 파스가 있었다. 내가 그 파스들을 진열대에 놓아본 경험도 부지기수다. 약국에서 파스를 찾는 이들에게 건네준 경험도. 물론 약사님이 지켜보는 가운데 한 일이다. 약사 아닌 이가 약국에서 약을 판매하면 불법이다. 약사의 지시하에 해야 한다. 엄마 도와주려다가 괜히 쇠고랑 찰 수는 없다. "거기 맨 밑에 신신파스, 아니 그 옆에 케토톱… 그리고 한방 파스도…"라는 식으로 엄마의 지시에 따라 파스를 건네주다 보니 자연스럽게 그 파스를 사 가는 사람을 쳐다보게 됐다.

엄마의 약국에서 유독 파스를 종류별로 잔뜩 사 가던 사람들은 대략 네 가지 유형이었다. 첫째, 해외 이민이나 유학을 갔다가 잠시 들어왔거나 가려고 준비 중인 사람들. 둘째, 인근 공장이나 아파트 공사 현장에서 일하는 인부들, 특히 동남아시아 이주노동자들. 셋째, 고령층. 넷째, 다양한 연령층의 어머니들. 간혹 운동하다가 손목이나 발목을 삔 청춘도 있었지만, 대부분 장시간 비슷한 자세를 하는 노동에 시달리거나 오랜 세월 그렇게 일하다 보니 삐걱거리는 몸을 갖게 된 이들이었다.

약국에 있는 파스가 동나는 때도 있다. 바로 구정과 추석 연휴다. 특히 연휴 첫날에 유독 그렇다. 이제는 손수 전을 부치기보다는 사는 집이 많아졌지만, 여전히 연휴 첫날 전 부치고, 갈비 굽고, 나물 무치며, 음식 장만하느라 힘든 이들이 파스에 많이 의지한다.

이민이나 유학을 갔거나 가려는 사람들은 왜 파스를 많이 살까? 해외 현지에서도 파스를 구할 수는 있지만, 국내에서 대량 구매해 간 파스는 의료비가 비싼 해외에서 병원에 가지 않고도 쉽게 통증을 해결할 수 있는 '가성비 갑'의 수단이기 때문이다. 통증만 해결되면 어떻게든 공부하고 일하고 먹을 수 있다. 그러니 그 효능감은 어쩌면 만병통치약에 가깝지 않을까.

세계 제약계에서 대한민국의 파스가 얼마나 영향력 있는지는 잘 모르겠다. 나라마다 그 나라의 파스 혹은 파스와 비슷한 어떤 약이 있을 테다. 다만, 이민자가 힘겨운 타국 생활에서 통증을 버티려고 할 때 자기 나라에서 가져온 파스만큼 위안이 되는 것도 없을 것 같다. 유학이나 이민 준비에 관해 국내 블로그를 뒤져보면 파스는 '준비물 리스트'의 필수 잇템이라는 것을 알 수 있다.

엄마의 약국에서 파스를 사 간 사람들은 그런 파스의 효과를 믿어 의심치 않는 것 같았다. 써본 파스의 '아는 맛', '아는 냄새'가 새로운 환경에서 불안한 마음에 스며들며 불안을 조금씩 밀어냈을까. 그래서 나도 쓰고, 가족도 쓰고, 친구도 주고, 선물도 하고. 13년간 유학 생활을 하고 돌아와서 바이오 헬스케어 회사에

다니는 동생에게 더 자세히 물어보려고 톡을 하니 답이 왔다.

"난 한국 파스 안 썼어. 미국 파스 썼어. 더 쎔."

뭐 이런 놈도 있는 것이지…. 하여간 이노무시키는 한국인이요, 내 동생이 맞다.

한국에 들어온 이민자, 그중 이주노동자도 파스를 많이 사 갔다. 엄마 약국이 있던 동네에 그런 분들이 얼마나 살았는지 알 수는 없지만, 2010년대 중후반 이후 그런 분들이 꽤 많이 왔던 기억이 있다. 가끔 저녁 무렵 약국에 가면 베트남, 말레이시아, 중국, 파키스탄, 아프리카 등지에서 왔다는 분들이 두세 명씩 함께 있는 풍경을 만날 수 있었다. 한국어로 소통이 되는 동료 내지는 지인이 껴 있거나 아니면 영어로 떠듬떠듬, 그것도 안 되면 어설픈 한국식 발음을 적은 종이를 내밀기도 했다. 찾는 약이 어떤 것인지 휴대전화로 찍은 사진을 냅다 내밀면 쉽게 해결될 일이기는 했다. 그런데도 그들은 말로 설명하려고 애썼다. 한국어를 연습할 기회이기도 했고, 한국어로 소통이 잘될 때는 약사에게 더 구체적으로 증상을 말하고 약을 살 필요가 있어서였다.

그들은 늘 아낌없이 파스를 샀다. 실은 모든 약을 아낌없이 사는 모습이었다. 열심히 벌어서 약값으로 다 쓰면 어쩌나. 오지랖이겠지만, 나로서는 너무 아깝다는 생각이 들었다. 알고 보니 그렇게 구입해 간 약들을 해외의 가족에게 보내는 경우도 꽤 많았다. 여기저기 시달리고 애써서 번 돈으로 약을 사서 보내는 마음이란. 엄마가 몸짓과 약간의 영어 단어를 사용해서 그들과 소통하는 걸 보며 생각했다. 사람 사는 거 다 똑같네.

조금 다른 얘기지만, 나는 '정신적인 이민자' 같다. 가족이라는 무형의 땅에 아무래도 발붙이기 힘든 싱글이라는 이민자. 혼자 살아온 세월이 있어서 엄마와 한집에서 사는 데 적응하기가 무척 힘들었다. 엄마도 나를 무진장 힘들어했다. 아마 나 같은 성질머리의 배우자와 산다면 6개월도 못 가서 이혼 각일 텐데, 딸이라서 그러지도 못하니 오죽했겠는가. 집에만 오면 '흑화'되어서 늘 화가 난 상태인 나를 엄마가 이해할 리도 없었다. 그래도 차마 화를 내지 못할 때가 서로 자기 손이 닿지 않는 곳에 뭔가 붙이고 발라줄 때다. 그럴 때도 화를 내면 짐승이 되는 것 같아서 나도 모르게 정신을 차렸나 보다.

최근 내 승모근에 자주 붙인 파스는 '신신파스 아렉스'다. 요즘 엄마가 거래하는 약 도매상 아저씨에게 주로 주문하나 보다. 약을 사러 오는 사람이 그리 많지 않은 할머니 약사님의 약국은 약품 거래량이 소소해서 예전보다 약국 진열대에 놓인 파스의 종류가 그리 많지는 않다. 약국에서 손바닥만 한 크기의 '신신파스 오리지널'부터 봐왔는데, 이제는 한 회사에서 나오는 파스라도 파생 상품이 엄청 다양하다. '파스의 명가'를 자처하는 국내 파스 회사도 여러 곳인데, 그중 "캐내십시오!" 하는 CF로 유명한 '케토톱'도 여러 번 붙여봤다. 엄마가 파스를 찾는 이들에게 어디가 아프냐고 물어보고 부위별, 증상별로 파스를 추천할 때면 그런 파스가 설마 다 있나 싶었다. 검색해 보니 정말 다 있었다. 세상은 넓고 제약회사는 많다.

파스도 유행을 탄다. 더 이상 나오지 않는 파스도 있다. 파스에는 스토리가 있고, 세상 모든 것에도 스토리가 있다. 나와 엄마의 생활, 엄마의 약국 생활에도 깊고 굳게 박혀 다양한 층위의 통증을 자아내는 스토리, 캐내야 하는 스토리가 있는 것이다.

우루루 사 먹어서
'우루사'인가

지난 몇 년간 건강검진 때마다 지방간이 있었다. 의사는 음주를 자제하라고 했다. 1년에 두세 번 마실까 말까인데. 차라리 퍼마실 걸 그랬습니다요. 의사는 너만 그런 게 아니라는 말을 존댓말로 했다. 피로와 스트레스도 원인일 수 있다면서.

"간 때문이야. 간 때문이야. 피곤한 간 때문이야." 오래전 축구선수 차두리가 모델로 나와서 불렀던 간장약 '우루사'의 CM송을 흥얼대다가 깨달았다. (원래 가사는 "피곤은 간 때문이야"였다고 한다. 간만 좋아지면 피곤이 다 풀린다는 오해를 부를 수 있어서 방송통신심의위원회가 시정 권고를 했다. 제약회사는 과장 광고 논란을 피해 갈 수 있게 딱 한 글자를 바꿨다고 한다.) 피곤해서 간이 나빠졌는데, 피곤한 간 때문에 더 피곤해진다. 이 악순환을 어떻게 피하지? 피곤하지 않으려면 백수가 돼야 하나? 백수가 되면 피곤함 대신 불안함이 크지 않나? 불안해서 아무에게나 간도 쓸개도 다 빼줄 것 같은데?

쓸데없는 연상 끝에 우루사 생각이 났다. '컨디션'이 출시되어 숙취 전후 드링크로 사랑받기 전이었다. 엄마는 약국에서 원비디와 우루사를 세트로 잘 판매했다. 일단 원비디와 우루사를 동시에 내민다. 그리고 측은한 눈빛으로 응시한다. 하나를 먹을 때보다 같이 먹으면 더 좋다, 당신의 간 건강은 당신이 지켜야 한다, 당신의 어머니처럼 내가 다 걱정스럽다, 자네들 대체 어쩌려고 그러니. 엄마는 이 필살기를 자연스럽게 구사했다. 그래서인가. 내 기억 속에는 취한 아저씨 무리의 이런 경쟁적인 풍경도 남아 있다.

손님 1 : 야, 마셔! 내가 사. 아이 이 쉐끼가… 지갑 도로 처넣어! 내가 산다고오오오!

손님 2 : 됐스어, 됐스어. 여기 월마요?

손님 3 : 야야, 저 자슥이 산다는데 니가 왜? 돈 많냐. (딸꾹)

손님 1 : 아이, 아줌마. 우루사 줘요. 우리 싹 다. 우루루루 루루루~ 사.

손님 4 : 미친 ㅅ… 조용히 해! 약사님. 얼른 계산해 주세요.

엄마는 약국 매상 올리기의 전문가였다. 일이라는 게 그런 것 같다. 어느 정도 같은 일을 하면서 시간을 보내면 자신만의 방식이나 필살기가 생긴다. 하물며 50년간 같은 일을 한다면 안 생기기가 더 어렵다. 필살기가 먹힌다는 것은 대부분 타인은 전혀 모르는 나만의, 그리고 내면의 승리겠지만.

내게도 그 비슷한 게 있다. 나는 25년째 비슷한 일을 하고 있다. 영화에 관해 읽고 말하고 쓰고 만들다 보니 영화나 드라마의 감독, 스태프, 배우를 인터뷰해야 하는 일이 많다. 세월이 만들어 준 나만의 필살기는, 이른바 한 걸음 더 들어가기다. 좋은 질문을 던지기 위해 아무리 고심해도, 막상 질문을 받은 상대의 답변은 내 예상과 거리가 멀 때가 있다. 심지어 엉뚱한 곳으로 미끄러지기도 한다. 그럴 때 당황하지 않는 편이다. 미끄러지는 대화 속에서 어떻게든 다시 한 발 더 들어갈 수 있는 순간을 건져 올리는 것. 그게 상대가 한 말의 단어이든, 눈빛이든, 몸짓이든, 표정이든. 모든 것에서 건져 올리기는 가능하다. 말하자면 절대 실망하지 않는 것. 그게 나의 필살기라면 필살기다.

이쯤에서 꺼내 보는 나만의 직업 원칙도 있다. 이른바 '김혜선의 글쓰기 3원칙' 혹은 '작가 3원칙'. SF 소설의 거장 '아이작 아시모프'가 만든 '로봇 3원칙'을 곱씹다가 떠올린 것인데, 정작 어떤 영화 리뷰를 쓰려고 하다가 떠올렸는지는 기억나지 않는다. 2008년 회사를 그만두고 프리랜서가 됐을 때 만들었던 것 같다.

첫 번째 원칙. "아… 이것 참 좋은데, 말로 설명할 수가 없네…" 하는 것을 글로 설명해야 한다.

어느 CF로 유행한 말을 인용한 것인데, 이건 작가라면(그게 소설가이든, 시나리오 작가이든, 방송작가이든) 당연히 가져야 하는 원칙이다.

두 번째 원칙. 말과 행동은 일치하기 어려워도 말과 글은 일치해야 한다.

인간은 원래 비겁한 동물이다. 때에 따라 말도 바꿀 수 있고 행동도 바꾸기 쉽다. 생계의 위협이나 권력의 잔혹함에 부딪치면 암요, 얼마든지 그럴 수 있다. 그래도 글을 쓰는 업을 하고 있다면, 내 말과 글만큼은 같은 방향을 바라봐야 한다고 믿는다. 거친 부분을 약간 윤색할 수는 있지만 말이다. 안 그러면 유체이탈 화법으로 글을 쓰게 된다.

세 번째 원칙. 어떤 작품이 얼마나 재미없는지를 재미있게 쓸 수 있어야 한다.

이게 제일 어렵다. 세상에 넘쳐나는 재밌는 것을 보기에도 삶은 짧으니까. 좋은 것을 좋다고 말하기에도 시간이 부족하니까. 그런데도 나는 세 번째 원칙이야말로 내가 중요하게 지켜야 하는 가치라고 생각해 왔다. 누군가를 죽일 듯이 비난하고, 어떤 작품을 크게 단죄하듯이 혹평하는 경우가 있다. 글에 잔인함을 넣어 방치하는 것, 글에 권력을 넣어 휘두르는 것. 그게 모두 가능하다고 글을 통해 자랑하는 것. 다 좋아하지 않는다. 이왕이면 비판을 당하는 이도 충분히 수긍할 수 있는 글을 쓰고 싶다. 아픈 곳을 찌르기는 했지만, 너무 세게 찌르지 않아서 히힛 웃을 수 있게. 무언가를 비판할 때 잔인하지 않은 유머를 구사하면, 그 이후의 얘기가 더 진전될 수 있다고 믿는다.

'작가 3원칙'을 가끔 공책에 써보거나 소리내어 말해볼 때가 있다. 혹시라도 잊어먹을까 봐. 주변 사람에게도 조금씩 흘린다. 훗날 저작권을 주장하려고. 지금껏 '작가 3원칙'을 충실히 지키려고 노력해 왔다.

하지만…, 이건 다 일할 때 얘기고. 엄마와 함께 있을 때는 '작가 3원칙'은 물론이고, 삶의 그 어떤 원칙도 홀라당 날아가 버린다. "엄마, 뭐 하는 거야", "엄마, 나 피곤해", "엄마, 그만 좀 해" 따위의 말을 하루 종일 3종 세트로 돌려막기 한다. 초등학생도 이보다는 어휘력이 있을 텐데. 엄마에게 잘 통하는 필살기란 없는 것이다.

그래서 이게 우루사와 뭔 상관이냐고? 모르겠다. 우루사 때문에 떠올린 의외의 연상 작용이라고 해두자. 집에만 오면 피곤한 세상의 모든 직업인, 그중에서도 딸들과 우루루루루 우루사를 나누고 싶다.

'에프킬라'냐 '홈매트'냐, 그것이 문제로다

약국 문을 열고 한 남자가 씩씩거리며 들어온다.

"에프킬라 있어요?"
"네, 왼쪽 진열장에요."
"싹 다 주세요."
"어… 안 되는데. 다른 사람들도 사 가셔야죠."
"저도 안 되거든요. 다 주세요."

초가을. 선선한 바람이 모기를 왕창 몰고 오는 때. 에프킬라와 홈매트의 계절이다. 그즈음이면 약국에 와서 모기향, 전자모기향, 뿌리는 모기약을 왕창 사 가겠다는 이들이 있다. 그들은 대체로 전의에 불타오른다. 모기로 인한 수면 부족이 극에 달한 경우다. 겪어본 사람은 안다. 그 고통. 여름내 더위로 수면 부족에 시달리다가 초가을 모기에게 공격받을 때 한층 불타오르는 복수심.

그렇다면 어떻게 해치울 것인가. 마하 10의 속도라도 되듯이 순식간에 피부를 공격하는 초가을 모기에게 에프킬라를 뿌려 즉각 사살할 것인가. 아니면 홈매트로 은은하게 질식시킬 것인가. 내 경우는 후자다. 은은하게 죽이는 게 좋다. 우리집 고양이 김세미 양 때문에 에프킬라도 홈매트도 못 쓰긴 하지만. 쓸 수 있다면 한 곳만 공략하는 집중 살포 방식보다 부지불식간에 방 안을 가득 채우는 홈매트의 장악력을 더 높게 친다. 그게 결국 더 세고 더 오래 간다고 믿기 때문이다.

홈매트식 뿜어내기. 내가 생각하기에 그것은 일종의 사회적 분노 표출 방식이다. 초가을 모기의 공격 같은 '나쁜 피드백'을 받지 않는 삶의 요령이라는 게 있다면, 은은하게 화내는 것이라고 생각한다. 즉각적인 척결(혼내기, 소리 지르기, 따지기)은 대체로 부메랑이 되어 다시 날아온다. 은은하게 화내기는 내가 몸부림치다가 먼저 나가떨어지지 않고 평정을 유지하며 주변부터 공략한 끝에 방 안 가득 내 편을 만드는 방식이다. 상당한 기초 체력과 자신감을 요한다. 당연히 쉬울 리 없다. 하지만 해낸다면 상대는 어쩔 수 없이 미안해진다.

영화 월간지 《프리미어》와 영화 주간지 《FILM 2.0》에서 취재기자로 일했던 10년간 나는 에프킬라에 더 가까운 인간형이었다. 20대 후반에는 무식해서 용감했다. 30대 때는 이제 뭘 좀 알게 된 것 같아서 잘난 척을 하느라 그랬다. 상대를 헤아리지 않고 바로 쏘아대고 나면 상대는 애초에 내가 추측했던 얘기를 하려던 게 아니었던 경우도 있었다. 상대가 나보다 더 강력하게 분노를 뿌려대는 경우도 많았다. 모두가 성급한 분노의 오류투성이였다. 30대 후반에 프리랜서가 되어 〈출발! 비디오 여행〉 등 TV의 영화 소개 프로그램 작가를 7년여, MBC FM 라디오 〈이주연의 영화음악〉 작가를 짧게 했던 시절을 지나며 여기저기 파이고 꿰매게 되었다. 이제는 지극히 예외적인 경우가 아닌 한, 분노를 확실하지만 은은하게 표현할 줄 아는 요령은 생겼다.

아마 프리랜서가 되지 않았다면 그걸 아는 것은 불가능했을 것이다. 나만이 내게 복지를 허락하고, 나만이 내 성과를 챙겨주고, 나만이 나를 토닥여 주는 시간을 통과하지 않았더라면, 나는 여전히 구제 불능이었을 것이다. 다른 이들은 어떤지 몰라도 내 경우에는 계속 직장인, 계속 정규직이 아니었던 것이 다행이다. 그랬으면 더 즉각적이고 더 앞뒤 없이 감정을 발사하다가 금세 텅 빈 에프킬라 통처럼 스스로를 다 써버리지 않았을까. 돌이켜보면 다행이다. 내 미흡함을 덜어낼 수 있는 시간이 주어져서.

한때는 뼈를 묻겠다는 순진한 마음으로 몸담았던 영화잡지 《FILM 2.0》의 경영난은 나를 결국 퇴사시켰다. 그 후 자의 반 타의 반 택한 게 프리랜서의 삶이다. 그 자유와 책임의 시간을 값지게 여기다가도 후회하고는 했다. 나의 온갖 후회와 때때로의 자부심은 긴 시간을 거치며 홈매트처럼 은은하게 나를 중독시켜 왔다고 할 수 있다. 잘 버티고 있다고. 괜찮은 것 같다고.

에프킬라식으로 한 곳을 공략하는 집중력은 진즉에 사라졌다. 물론 에프킬라는 손에 들고 수평이나 수직으로 스윽 난사할 수 있다. 발사구 스위치를 계속 누르고 정속 운전하듯 일정한 힘을 들인 채로. 나는 그것 또한 싫다고 느꼈던 것 같다. 스위치를 계속 누르는 삶 대신 힘을 빼고 살고 싶었다. 되는대로 막살고도 싶었다. 아무 때나 뿡뿡 뀌어대는 방귀처럼. 그동안 해온 게 있어서 옆길로 새기도 힘든 40대에는 생존을 위해 나를 추스르고 힘을 내야 한다는 사실이 나를 더 힘들게 했다.

확 망가지고 싶은데 망가질 수 없는 상황을 두고 홈매트식으로 분노하는 것은 그런 상황을 견디도록 내 몸과 뇌, 마음을 속이는 망각 효과가 있다. 은은함은 시간이 걸리는 방법이기에 분노의 크기와 강도를 줄여주다가 문득 화가 났던 이유도 가물가물하게 한다. 한참 시간이 지나고 보면 기억도 잘 안 나는데 결국 그렇게까지 화낼 일이었나 싶다. 망각의 마법이야말로 지금껏 나를 살게 도와준 가장 큰 축복이었는지도 모른다. (하지만, 지하 주차장 몇 층에 차를 세워놓았는지 도통 떠오르지 않는 것은 축복이 아닌 좌절에 가깝다.)

홈매트식 은은한 화내기는 사회적인 관계에서도 유효하지만, 특히 엄마와의 관계에서 더 필요하다. 하나부터 열까지 안 맞는 나와 엄마는 (뭐든 마음에 안 드는 그 어떤 거라도) 그만 좀 하라고 서로 턱관절이 찢어지기 직전까지 악을 쓰다가도, 우리에게 각자 할 일이 있다는 게 결국 입을 다무는 계기가 된다. 엄마와 아무리 싸워도 아침을 만들고 엄마의 도시락을 싸야 한다. 얼른 엄마를 출근시켜야 하고 어김없이 퇴근시켜야 한다. 백만 년 동안 대화를 차단하고 싶어도, "지금 가고 있어요"라는 말을 꼭 해야 한다. 그래야 엄마가 퇴근 준비를 하니까. 아침의 상처를 잊어버리지 않으면 저녁의 퇴근에 사고가 난다. 엄마도 그럴 것이다.

잘 잊는 것은 나의 힘이었다. 이불 킥을 두세 번 하다가도 스르르 잠들어 버릴 수 있었다. 요즘 잘 잊지 못하는 일이 늘어난다고 느낀다. 엉키고 맺힌 마음이 앵앵거릴 때, 그저 잊힐 시간을 기다린다. 어떻게든 시간이 가겠지. 희미해지겠지. 정 안 되면, 도저히 안 되면, 그때만큼은 에라 모르겠다 하고 에프킬라처럼 기억을 칙칙 뿌려버릴까 보다.

메이퀸도 '메이킨'이 필요하다

변기가 막혔다. 엄마와 함께 이사한 이후로 변기가 자주 막혔다. 변기에 문제가 있는 건지, 똥에 문제가 있는 건지. 상황이 반복되니 욕실 밖에서 변기 물 내리는 소리만 들어도 감이 왔다. 또 막혔구먼. 모처럼 운동 수업을 예약한 아침. 모처럼 여행을 가려고 짐 싸는 날 아침. 중요한 오전 미팅이 있는 날 아침. 기똥차게 변기가 막혔다. 압축기로 펌프질을 몇 번 해서 내려가면 다행이었다. 어느 날은 도무지 되지를 않아서 미친 듯이 신경질이 났다.

"아, 진짜! 엄마, 나눠서 누면 안 돼? 한참 모았다가 물 내리지 말고, 중간에 물을 내리시라고!"

"뚫으면 될 거 아냐. 옛날엔 안 그랬다고. 이 집이 이상해."

"아오, 똑같이 먹었는데, 왜 엄마만 막혀?"
"왜 소리를 질러! 화장실 막히게 한 게 무슨 큰 죄냐?"

하수도 오수관을 우리 집만 넓힐 수도 없고. 1시간째 못 뚫은 날, 동네 전문가를 불렀다. 변기가 유독 자주 막힌다는 하소연에 전문가가 내린 진단은 이렇다. 우리가 사는 아파트의 오수관이 좁은 편이고, 변비 있는 어르신이 있는 집은 더욱 잘 막힌다는 것이다. 내가 이사 온 아파트에는 연세 지긋한 노년 가구가 꽤 많이 살고 있다. 단지 내에 살면서 인테리어 수리센터를 몇십 년째 해왔다는 전문가 사장님의 말씀이니 새겨들을 수밖에 없었다. 변기 막힘은 개인적 환경과 구조적 환경의 복합적 결과였다.

깨달음을 주신 전문가께 출장비를 고이 전해드린 후, 바로 온갖 변기 뚫는 장비를 인터넷에서 검색했다. 왜 여태 '뚫어뻥' 계열의 신무기를 살 생각을 전혀 못 한 것인가. 무식하면 몸이 고생이다. 엄마에게 고래고래 소리 지를 필요가 없었는데 말이다. 혼자 비명을 지르는 대신 누군가에게 소리를 지르고 싶었던 것인지도 모르지만.

변비는 남녀노소 누구에게나 찾아오고, 그중에서도 노년의 변비는 확실히 힘들다. 소화력, 근력, 특히 괄약근에 문제가 생겨서 벌어지는 일일 것이다. 당연하고 자연스러운 삶의 흐름이다. 그런데도 노년의 변비에 참을성을 잃은 나 자신이 참 간사하다. 갓 난아기 때 내가 기저귀에 저질렀을 숱한 실수를 까맣게 잊은 것이다. 그것을 해결해 준 엄마의 노력도. 엄마와 살면서 나는 내 밑바닥을 자주 확인한다.

'변기 막힘'은 일종의 방아쇠이기도 하다. 엄마와의 생활에 적응하느라 생긴 스트레스를 건드리는 방아쇠. 24시간 화를 내고 싶은 분노의 레이더망에 엄마의 변비가 걸려든 것이다. 엄마의 자존심, 모멸감 같은 것은 헤아리고 싶지 않았다. 내가 더 억울하고, 내가 더 급했다. 내게는 그 미래가 오지 않을 것처럼. 영원히 분기탱천하는 현재를 살 것처럼.

엄마는 1960년대에 '이대 나온 여자'였다. 대학 시절 고향인 전남 광양에 내려가면 친척들에게 스타 대접을 받았다. 일가친척들은 마감하다가 산발이 된 몰골로 가족 모임에 나타나는 나를 보면 혀를 찼다. "넌 엄마 젊을 때 발가락도 못 따라간다"라고 했다. 물증이 없어서 사실 확인을 하기 어렵지만, 엄마가 약학대학에 재학 중이던 시절 '메이퀸'이었다는 설이 있다. 위대한 5월의 여왕이었던 시절이 엄마에게도 있었던 것이다. 그리고 그 시절이 지나갔다.

"변비엔 메이킨"이라고 힘차게 외치던 신구, 김영옥 배우의 TV 변비약 광고를 떠올린다. (지금은 개그우먼 장도연, 아이돌 출신 배우 김동준이 모델로 가세했다.) 메이퀸에게도 '메이킨'이 필요한 때가 온다. 나에게도 그때가 올 것이다. 먼저 완경의 시절이 찾아올 테고, 별 탈 없이 살다 보면 노년의 변비를 맞이하게 될 것이다. 변기를 뚫어줄 자식은 없을 테니, 전문가를 부를 여유가 있도록 요령껏 잘 살아야겠다. "변비엔 메이킨"을 외치는 광고를 볼 때마다 마음속으로 외쳐본다. 변비엔 화이팅, 화내지 말고 파이팅.

'타이레놀'과
'타세놀' 사이에서

 코로나19 백신을 맞을 때마다 근육통과 발열, 오한으로 고생했다. 하루이틀, 아니 그보다 더 오래. 나만 그런 건 아닐 것이다. 백신을 맞고 나면 해열진통제를 몇 시간 간격으로 사나흘은 먹은 것 같다. 어떤 날은 뒤통수 왼쪽 아래에서 시작된 통증이 시계 방향으로 움직이며 머리 전체를 돌아다녔다. 너무 무서워서 진통제를 먹다가, 문득 내가 언제 이렇게 먹었나 싶어서 다 빼먹은 진통제 갑을 멀리 밀어놓고는 했다.
 팬데믹 내내 그리고 엔데믹 직후, 동네 약국들은 해열진통제 '타이레놀'의 품귀 현상을 겪었다. 이유는 몇 가지였고 그 이유가 다 서로 얽혀 있는 것처럼 보였다. 팬데믹으로 해열진통제 수요가 급증해서 제조에 드는 재료비가 올랐고, 당시 질병관리청에서 타이레놀이라는 제품명을 언급하며 복용 권고를 하는 바람에 권고를 시정한 이후에도 사람들이 타이레놀만 찾고 사재기를 해서 등등.

　　외국 회사 제품인 타이레놀과 주성분이 똑같은데 이름만 한 끗 다른 국내 제약회사의 '타세놀'은 약국에서 별로 찾는 이들이 없었다. 엄마의 약국에서는 타이레놀도 타세놀도 다 판매했지만, "타이레놀 주세요"라는 사람은 있어도, "타세놀 주세요"라고 하는 사람은 없었다. 타이레놀은 품절됐고 같은 성분인 타세놀을 먹어도 된다고 안심시키는 약사의 설명을 듣기 전에는.

　　오리지널 약인 '타이레놀'과 오리지널의 특허 기간이 끝난 이후 오리지널과 동일한 기준을 통과해 만들어진 복제약 '타세놀'. 일단 둘은 출발이 다르다. 그렇다고 계급과 신분이 다른 건 아니다. 타이레놀과 타세놀은 같은 효능을 지녔는데 지속 시간이나 특성이 다르다고 한다. 약의 배경을 아는 전문가들이야 그 차이를 구분할 것이다. 다만, 일반인의 눈에는 그저 이렇게 보일 뿐이다. 유명한 약과 유명하지 않은 약. TV에 나오는 약과 그렇지 않은 약. 타이레놀과 타세놀을 생각하면 두 가지 이야기가 떠오른다.

　　오리지널과 복제의 문제로 생각해 보자면, '타이레놀 vs 타세놀' 같은 관계는 세상에 너무 많다. 사람들에게 타이레놀이 원조 '마복림떡볶이' 본관 같은 것이고, 타세놀은 그 옆에서 나름 오래 영업해 온 또 다른 즉석떡볶이 가게일 수 있다. 양념의 주성분인 고춧가루는 같은데, 짜장과의 배합 비율이나 부재료가 다를 수 있다. 오리지널의 맛과 후발 주자의 맛 차이는 분명 존재하긴 하겠다. 오리지널의 가치는 인정받아야 하지만, 살다 보면 보편적 사용을 위해 만들어진 후발 주자의 효용성도 크다. 그러니 원조 할머니 떡볶이집을 아껴주면서, 그 집과 한 끗 정도 차이 나는 떡볶이집의 매력도 인정해 줄 수 있지 않을까?

유명세로만 놓고 보자면, '타이레놀 vs 타세놀' 같은 구도는 업계마다 예를 들 수 있는 회사나 개인이 존재한다. 이름이 알려질 만큼 실력을 인정받은 회사나 개인. 실력이 있지만 유명하지 않은 회사나 개인. 이들을 가르는 가장 중요한 요소는 무엇일까. 매력을 드러낼 줄 아느냐 모르느냐의 차이일까. 애초에 스스로 지닌 매력이 있느냐 없느냐의 차이일까. 아니면 태도가 적극적이냐 아니냐의 차이일까. 목적이 있느냐 없느냐의 차이일까. 거대 자본이나 주변 환경의 차이일까. 욕망과 가치관의 차이일까.

나는 때때로 타이레놀 같은 사람들과도 일하고, 타세놀 같은 사람들과도 일한다. 과연 능력이 출중한 경우가 있고, 더러는 유명세에 비해 이름값을 못 하는 경우가 있으며, 이런 재능을 지닌 이름이 왜 더 알려지지 않았는지 의아한 때도 있다. 하지만 조금 더 겪어보면 알게 된다. 이름이 알려진 데에는 이유가 있다. 그것을 인정해야만 한다. 이름이 알려지지 않은 데에도 이유가 있다. 그것 역시 인정해야만 한다. 그렇다고 반드시 유명해져야만 한다는 결론을 향해 가는 것은 아니다. 애초에 그 어느 것도 목표가 아닌 채로, 혹은 유명함이 피곤하고 싫어서 자기 자리에서 조용히 최선을 다하는 사람들도 있으니까. 결국 타이레놀과 타세놀 모두 함부로 대할 수 없다.

    그 사이에서 내가 할 수 있는 일은 뭘까. 나 자신은 어디쯤 서 있을까. 사람들이 잘 모르는 '타세놀'보다 널리 알려진 '타이레놀'이 되고 싶은가. 아마도 아닌 것 같다. 나는 오히려 그 둘의 특성을 파악하고 적재적소에 처방하듯 소개하는 위치에 있고 싶다. 그 또한 어디 내 마음대로 되겠냐마는. 내가 지금 어디에 서 있는지 알 수 없게 되기 전에, 그냥 닥치고 마감을 위해 내 책상 위 모니터나 뚫어지게 바라보고 있다.

'후시딘'도
'마데카솔'도 소용없을 때

아윽. 아침 겸 엄마의 도시락 반찬으로 가지볶음을 하다가 프라이팬 가장자리에 손목이 닿았다. 얼른 찬물에 대고 얼음팩도 댔다. 쓰린 기운이 가시지 않았다. 대충 소독하고 밴드를 붙였다. 엄마를 출근시키고 와서 샤워를 했더니 어느새 물집이 잡혔다. 서랍장의 상비약 칸을 뒤지다가 '후시딘'과 '마데카솔'을 발견했다. 설명서를 보니 둘 다 1도 화상에 사용 가능. 주황색 상자에 담긴 후시딘을 골랐다. 다시 데인 곳을 소독하고 후시딘을 바르고 밴드를 붙였다. 별것 아닌 일인데 꽤 번거롭다.

별것 아닌데 꽤 번거로운 일은 일상 여기저기에 널려 있다. 예를 들어 1박 2일이라도 어디에 가려면 온 가족을 총동원해야 한다. 먼저 약 2, 3주 전에 언니와 동생에게 내가 집을 비우게 되는 상황을 알린다. 집을 비울 동안 엄마의 식사를 해결할 반찬을 사서 냉장고를 채워놓는다. 상한 식재료는 버리고 아직 멀쩡한 것들은 다듬고 물기를 제거해서 잘 봉해놓는다. 욕실, 침실, 하수도, 냉장고, 세탁기에 불필요한 것들이 널브러져 있지 않은지 확인하고 대략 집 청소도 한다. 이후 언니와 동생의 일정을 확인해서 엄마와 고양이 김세미 양의 밥을 챙기고 엄마의 출퇴근을 도와주는 순번을 짠다. 둘 중 한 명이 집에 올 상황이 안 되면 조카에게 부탁하기 위해 카톡 창을 연다.

D-day. 집을 비우는 아침에 엄마를 출근시키고 공항을 가든 KTX를 타러 가든 코털 휘날리게 달린다. 출장지에서 하루 종일 일을 하고 있다가(중간에 맛있는 밥은 먹을 거다. 그런 낙도 없으면 되겠나) 저녁에 활동가님의 퇴근 동행서비스를 받은 엄마가 집에 무사히 도착한 것을 확인한다. 엄마는 마중 나온 개냥이 김세미 양을 잠시 쓰다듬어주고 밥을 주고 씻은 후 일일연속극과 9시 뉴스를 보고 성경을 읽다가 잠든다. 이쯤에서 왜 아무도 엄마를 보살피기 위해 자고 가지 않냐고 말하는 건 금물이다. 다 각자의 사정과 생활이 있기 때문이다. 그 생활에도 빈틈이나 여유는 있을 수 있지 않냐고 지적했다가는 "너만 힘드냐, 나도 힘들다"라는 식의 '고생 배틀'로 번진다. 왜 단정적으로 말하고 강요하냐는 얘기로 언성이 높아질 수도 있다. 엄마도 김세미 양과 둘이 밤을 보내는 상황에

적응하는 게 모두의 평화를 위해 좋다는 생각으로 입을 꾹 닫아야 한다.

　그다음 상황은 이런 순으로 전개된다. 개냥이면서 올빼밋과인 김세미 양은 최고 컨디션이 되는 새벽 1시부터 밤새 우다다를 시전하지만 아랑곳하지 않고 숙면하는 할머니를 깨우지 못해 지쳐 잠이 든다. 아침에 언니나 동생이 와서 김세미 양에게 밥을 주고 엄마 식사를 챙긴 후 함께 출근하면, 낮에는 친구들이 번갈아 집을 찾아와 김세미 양과 놀아준다. 다시 밤이 되면 활동가님이 엄마의 퇴근 동행을 해주시거나 출장을 마친 내가 헐레벌떡 귀가해 엄마를 퇴근시켜서 함께 집에 들어오는 식이다. 그러면 김세미 양은 할머니와 나에게 저세상 아양을 떨다가 밥 먹고 간식도 먹고 곯아떨어진다. 이 모든 일들이 톱니바퀴 물리듯 잘 돌아가라고, 나는 저 멀리 부산이든, 제주든, 도쿄든 어딘가에서 블루투스로 연결된 기기같이 안부 전화를 한다. 엄마에게는 밤이나 새벽에 잠이 덜 깬 상태로 욕실에 가지 말라고, 꼭 지팡이를 챙기라고 신신당부한다. 2박이나 3박이 되면 이 양상이 더 복잡해진다. 해킹의 위험이 있다지만 홈캠과 CCTV 설치를 심각하게 고민 중이다.

　집에서 암 환자를 돌보는 것도 아니고, 간병인이 되어 병실에 하루 종일 갇혀 있는 것도 아닌데 이 정도로 힘들다는 소리가… 나온다. 마구마구 나온다. "진짜 피곤해서 못 살겠네" 싶다가 '이번 생은 그냥 살자' 싶은 자포자기의 마음도 생긴다. 별것 아닌데 번거로운 일들이 사람을 얼마나 피곤하고 피 말리게 하는지. 별것 아닌데 혼자 정색하는 것 같아서 말하지 못하는 짜증, 시간을 쪼개다 보니 더 잘게 쪼개지는 내 쪼잔한 마음, 눈에 보이는 모든 것을 다 부숴버리고 싶은 파괴 충동이여. 어디든 도망가고 싶어서 아시아나 항공 사이트를 뒤지며 마우스를 클릭하다가 생기는 손목 통증, 격렬하게 널브러지고 싶은데 그럴 수 없는 상황에 건망증이 심해지고 뇌가 덜그럭거리며 멍청해지는 나날에 관해 어디 가서 말하기도 그렇다. 그래서 이 글을 쓰고 있는지도 모르겠다.

가족들이 "이번엔 못 가", "나는 안 되는데?"라는 말로 대화를 끝내버리면 나는 대안을 찾느라 머리가 복잡해진다. 혼자 지지고 볶은 마음에는 후시딘도 마데카솔도 다 소용없다. 들들 볶은 마음의 피부에는 2도 화상 버금 가는 물집이 잡히고 흉터가 남는다. 물론 나 혼자만 그런 건 아닐 것이다. 노년의 가족을 돌보는 모든 이의 마음에는 그런 화상이 있다. 심지어 돌봄을 받는 당사자마저도.

내 또래이거나 비슷한 연령대의 선후배 상당수가 이런 시기를 지나고 있다. '완전히 늙지도 더 이상 젊지도 않은' 나이가 되어서 깨닫는다. 나를 몰아붙이고, 남도 몰아붙이는 '몰아부치스트'

로 살지 않으려면 부단히 노력해야 한다. 내가 좋아하는 것을 더 좋아하고, 내가 싫어하는 것을 견디면서, 너의 삶을 시기하지 않고 나의 삶을 미워하지 않게.

그래도 이 말은 꼭 하고 싶다. 짐을 챙겨 스르륵 어디로든 떠나도 되는 이들이여, 그대들은 진정 행운아다. 세상의 많은 사람 중에 그대들을 가장 질투한다. 아직 남아 있는 나날을 즐기시라. 언제든 돌봄의 시간은 도둑처럼 찾아오리니.

3부

작용과 부작용

약국의 히어로, 셔터맨

약대를 졸업하고도 한동안 전업주부였던 엄마가 서울의 서쪽 끝 은평구 수색동에 약국을 개업한 것은 1974년 8월이었다. 태어난 지 8개월 무렵의 나는 엄마의 개업으로 덩달아 동작구 상도동에서 은평구 수색동으로 이사를 왔다. 전세 매물로 나와 있던 약국은 대로변에 있었고, 바로 앞은 버스 정류장이었다. 약국에서 몇 걸음 걸어서 작은 골목을 돌면 경기도 고양시 화전, 백마, 원당 등에 사는 이들도 찾아왔다는 큰 재래시장도 있었다. 지금 생각하면 입이 떡 벌어지는 상권이었다. 당시 서울의 끝자락답게 서민층의 인구 밀도가 어마어마했던 수색동은 유동 인구, 보행 인구도 상당했다. 약국 주변을 살펴본 아버지는 엄마에게 "여보, 이 약국은 잡아야 해!"라고 말했다고 한다. 믿거나 말거나.

공무원이었던 아버지는 엄마의 약국 개업에 대찬성했다. 어쩌면 먼 훗날 '셔터맨'으로서의 삶을 상상했을 것 같다. 실제로 아버지는 IMF 시기에 정년퇴직한 후 생활비를 보장해 주는 엄마의 약국에 믿음이 컸던 나머지, 힘차게 사업을 시작했다가 많은 사기를 당했다. 그 시절 대한민국에서는 흔했던 얘기다. 가문의 기대를 받으며 나름대로 한길을 성공적으로 걸어왔던 가장들이 획획 쓰러지던 시기였다. 나 같으면 평온한 노후를 택했을 텐데. 셔터맨은 결국 야망을 갖게 마련일까. 셔터맨이 야망을 품는 순간 그는 약국 효능의 부작용이 된다. 야망의 뿌리이자 출발은 다 아내와 자녀를 위하는 마음이겠지만. 전국의 셔터맨들이여, 제발 떨쳐 일어나지 말아주시기를. 일상의 소소한 행복을 누려주시기를.

엄마는 왜 약국을 개업했을까? 배운 게 아까워서? 더 이상 육아만 하기는 싫어서? 공무원 월급이 뻔해서? 딱히 안 물어봤다. 아마도 그 전부가 이유였겠지. 나를 출산하고 5개월 정도 됐을 때 엄마는 개업할 약국을 찾아가서 현장 실습을 시작했다. 맨땅에 헤딩하듯 덤비다가는 의료 사고가 나는 직종이니 상도동에서 수색동까지 출퇴근하는 게 힘들어도 어쩔 수 없었다. 직접 보진 않았지만 피, 땀, 눈물 꽤나 흘렸을 엄마는 노력 끝에 전임 약국장의 노하우를 물려받아 개업했다. 엄마에게 약국을 전세로 준 주인 가족은 미국으로 이민을 갔다고 한다. 그렇게 시작한 엄마의 약국이 어느새 개업 50주년을 맞았다.

그 세월 동안 셔터맨과 약사 커플은 오래오래 함께 살았다. 오래오래 행복하게 살았는지는 모르겠다. 아버지가 돌아가신 후 엄마는 "너희 아빠는 괜찮은 남자였어"라고 말했다. 아버지 때문에 그렇게 고생하고도. 그래서 일가친척들의 원망을 사고도. 솔직히 난 정말 모르겠더랬다. 아버지가 괜찮은 남자였는지. 그 세대 많은 아버지가 그렇듯이 가부장의 권위를 앞세웠고 자녀들을 향한 분노 조절이 잘 안됐다. 그런 아버지와 수도 없이 충돌했다. 아버지는 내게 그리 상냥한 편이 아니었지만, 다른 사람에게는 훨씬 상냥했다. 그리고 너무 양지에서만 일한 탓인지, 사기꾼들의 사기 행각에 어두웠다. 나는 답답한 나머지 가끔 영화만 열심히 봤어도 그런 사기는 안 당했겠다고 가슴을 쳤다. 응? (내가 생각해도 말이 안 되는 것 같으면서도 왠지 그럴듯한 논리의 흐름.)

이 내용으로 시나리오를 써볼까도 생각했는데, 거리를 두고 재미있게 쓸 자신이 없어서 마음을 접었다. 언제부터인가 보이스피싱 범죄를 소재로 한 영화가 나오는 걸 보면서 내 아이템이 훨씬 스케일이 크겠다고 생각했다. 하지만 시간이 지나서 아버지가 당했던 많은 사기의 디테일을 잊어먹고 말았다. 나의 기억 세포가 저장하기를 거부했는지도 모르겠으나, 결론은 이거다. 아이템은 아끼면 똥 된다.

아버지가 사기를 당했다는 사실을 인정하는 데까지는 아주 오랜 시간이 걸렸다. 그 과정에서 스트레스로 당뇨를 얻고 말기 신장 환자가 돼서 투석을 해야 했다. 대장암과 직장암으로 수술을 했으며 간까지 나빠져서 말년의 투병 생활은 고통스러웠다. 그런데 마지막 2년 여의 시기가 오히려 '셔터맨'으로 충실히 살 수 있었던 시간이었다. 아침에 일어나서 약국 앞의 먼지를 쓸고, 아침을 먹고, 투석하러 가지 않을 때면 성경을 필사하고, 저녁을 먹고 이런저런 약국의 쓰레기를 버려주고 약국 문을 잠그던 시간. 그런 시간이 있기는 있었다. 수면 부족에, 복용 중인 약의 부작용으로 온몸이 가렵더라도. 안 아픈 곳이 없고, 해결하지 못한 문제로 인한 괴로움이 가슴을 짓누르더라도. 그 시간은 있어야 했던 것이다. 엄마에게도 그런 시간이 있어서 다행이었다고 생각한다.

지난해 영화 〈애프터썬〉을 보다가 이제는 볼 수 없는 아버지가 떠올랐다. 영국 감독 샬롯 웰스의 데뷔작이자 성장한 딸이 회상하는 아버지에 관한 이야기다. 30대의 아버지가 이혼해서 같이 살지 않는 어린 딸과 함께 여름휴가를 보낸다. 자신의 우울을 버거워하면서도 어린 딸 곁에 머무르려 애썼던 아버지와의 한때를 떠올리면서, 딸은 비로소 그 시절의 아버지를 이해한다.

내 경우는 이해하려는 감각을 되찾았다는 게 더 맞는 표현이다. 그 영화를 보고 얼마 후 친한 후배와 호암미술관의 김환기 전시를 보러 가다가 〈애프터썬〉과 각자의 아버지 얘기를 나누었다. 같이 살 때는 극도로 힘들었지만 돌이켜보면 우리들의 아버지는 해야 할 일은 했었다고. 그도 우리처럼 힘들었을 중년의 나이에, 자기도 생애 처음 해보는 아버지 역을 하면서, 그래도 자식을 몇 명이나 먹여 살리고 학교도 보냈다고. 부족한 채로도 할 일은 했었다고. 인간적으로 미치도록 싫은 순간도 많았지만, 아버지가 나를 사랑했다는 감각만큼은 확실히 있었다고.

아버지가 떠난 봄날 이후 네 번의 가을과 겨울이 왔다. 약국 앞 가로수의 은행잎이 무수히 지고 함박눈이 수북하게 쌓여도 한참을 그대로 있을 때가 많았다. 엄마가 다친 후로는 더 빈번해졌다. 아침저녁으로 약국 앞을 쓸어주던 셔터맨이 없기 때문이다. 한동안은 엄마를 도우려고 약국에 간 언니가 빗자루를 들었다. 가끔은 보다 못한 옆집 김밥천국 사장님이 쓸어주셨다. 지난해 11월 김밥천국도 문을 닫았다. 폭설이 내린 12월에 엄마의 약국 앞에 눈이 쌓였다. 일하다가 엄마를 퇴근시키러 가서 들으니 약국 앞이 대로변인 덕을 본 것 같았다. 대낮 보행자들의 발길에 눈이 점차 녹아내렸다.

그래. 어떻게든 된다. 우리는 그냥 그런대로 산다. 떠나간 셔터맨을 기억하면서.

마스크 대란이
남긴 것

 엄마는 아버지의 장례를 치르고 3일 만에 약국 문을 열었다. 코로나19로 인해서 동네 약국들이 마스크와의 전쟁에 직면하고 있었기 때문이다. 정부는 전 국민에게 1주일에 2개로 제한한 '공적 마스크'를 나눠주며, 출생 연도에 따라 요일별로 마스크를 받아 가는 마스크 5부제를 시행했다. 지금은 기억 저편으로 사라진 마스크 대란의 시절. 어느새 까마득한 옛날이야기처럼 느껴진다. 그 시절의 고단함을 고금리 시대의 고단함이 이겼나 보다. 이래서 세월이 약인가.
 '공적 마스크' 시행 초기에는 동네 약국마다 마스크를 받으러 온 사람들이 길게 서 있고는 했다. 나도 엄마의 약국이 아닌, 그때 살고 있던 동네 약국 앞에 줄을 섰다. 처음에는 마스크를 왜 약국에서 나눠주나 주민센터에서 나눠주면 될 텐데 싶었다. 그런데 조금 생각해 보고 알았다. 동네마다 주민센터는 한 곳뿐이지만 약국은 그 숫자가 훨씬 많다. 마스크를 받는 입장에서도 자기 집에서 가까운 약국으로 가는 게 절대적으로 유리하다. 그리고 약국들은 코로나19 시대 이전부터 이미 마스크를 판매하고 있었다. 다른 어디도 아닌 약국에서 마스크를 받는 게 점점 그럴듯하게 느껴졌다.

지금이야 온오프라인에서 마스크를 살 때 하나씩 개별 포장된 마스크를 살 수 있지만, 약국에 공적 마스크가 왕창 배달되면 그걸 두 장씩 재포장하는 일은 약국에서 알아서 할 일이었다. 직원이 있더라도 손이 많이 가는 일인데, 1인 약국 약사님들은 어떻게 하셨는지 모르겠다. 그렇게 재포장한 공적 마스크는 절대 그냥 막 내주면 안 되었다. 사람들이 내민 주민등록증의 주민등록번호를 확인하고 출생 연도에 맞는 요일에 받아 가는지, 이미 며칠 전에 받아 갔으면서 은근슬쩍 또 왔는지, 아침에 저 약국에서 받아놓고 오후에 이 약국으로 온 건 아닌지, 전산으로 확인한 후 마스크를 2장씩 내미는 과정을 거쳤다.

'설마, 모르겠지' 하며 오는 분들이 종종 있었다. 대한민국 약국의 전산 시스템을 무시하면 큰코다친다. 동네 약국 약사님들은 이미 전산으로 처방전을 입력하는 시스템을 사용한 지 오래다. 거기에 공적 마스크 관련 항목을 넣은 셈이니, 주민번호를 치면 지난 여름에 네가 한 일, 아니 아니 지난 며칠에 당신이 마스크를 받아 갔는지 다 나오는 것이다. 아니라고, 몰랐다고, 우기고 보는 무안한 상황이 몇 번 벌어지고 나서 그런 일은 점차 줄어들었다.

아버지 장례를 치르고 정신이 없었던 엄마도 마스크 대란을 온몸으로 맞았다. 자녀 중에 유일하게 프리랜서이면서 차로 10분 거리에 살고 있던 나는 이런 비상 상황에서 늘 호출 1순위였다. 다행인지 불행인지 그즈음 나는 바빴다. 여러 가지 일을 동시에 하고 있을 때여서 평일에는 약국에 도저히 못 간다고, 특별한 양심의 가책 없이 말할 수 있었다. 사실이었으니까. 그래도 이런 비상시국에 대한민국의 다른 1인 약국 가족들은 잘 버티셨는지?

나 같은 자식도 어찌어찌 먹고는 살라고 그랬는지 전국의 1인 약국을 파악한 대한약사협회와 정부의 합의 끝에 주민센터에서 1인 약국을 위해 하루에 몇 시간 도우미를 지원해 주었다. 도우미 분의 시간당 임금은 정부 지원이었던 것으로 기억한다. 엄마 약국에는 초등학교 방과 후 교사로 일하던 A 씨가 지원을 나왔다. 코로나19로 아이들의 방과 후 활동이 없어져서 지원하신 모양이었다. 다치기 전이었지만 역시 할머니 약사였던 엄마의 '공적 마스크' 처리 속도는 느릴 수밖에 없었는데, 싹싹하고 일머리 좋은 A 씨 덕을 크게 봤다. 동네 일꾼으로 발이 넓은 분답게 가끔 여유가 있으면 휴대전화로 지인들에게 연락을 돌렸다. "사장님. 언니. 오빠. 나 있는 약국으로 와서 마스크 받아" 하면서 엄마 약국을 활기차게 만들어주었다. A 씨가 안 오는 토요일에는 가끔 나와 언니가 가서 주민증 확인과 전산 입력 후 마스크를 나눠주는 일에 동참했다. 처음엔 시간이 걸렸으나 우리 모두 익숙해졌다. 조금이라도 시간이 지연되면 그 자체로 사람들의 인내심을 시험하니 서로 얼굴을 붉히지 않으려면 익숙해질 수밖에 없었다.

코로나19의 정체도 제대로 모르던 시기, 기침을 하면서 마스크를 사러 온 사람들을 대면하다가 코로나19에 걸리기도 하고, 공적 마스크 배포 시간이 지났는데도 약국 문을 닫을 무렵 들어와서 마스크 내놓으라고 행패를 부리던 주정뱅이들을 견뎌야 했던 약사들. 그런 뉴스를 보면 정말 남 일 같지 않았다. 약사가 아니라 약사 가족에 불과한 내가 봐도 동네 약국은 평범한 대한민국 국민을 위한 제1선의 건강 도우미, 건강 지킴이로서 해야 할 역할을 톡톡히 했던 것 같다. 약국 현장에서의 애로 사항이나 불만 등은 있었겠지만, 전국의 약국이 일사불란하게 '공적 마스크 배포' 기능을 수행하는 것을 보면서 대한민국에서 '사' 자로 끝나는 직업군의 조직력이 확실히 대단하다고 느꼈다.

대한민국 시와 도, 구, 동까지 촘촘하고 세밀하게 뿌리내린 약국 네트워크 안에서 평생 살아온 엄마가 종종 나의 직업 세계에

갖는 불안감도 내심 수긍할 만했다. 애교심 애사심 같은 건 먹는 건가 싶게 관심 없고, 오래되고 거대한 조직의 수혜와 편의, 그에 따른 책임감을 전혀 느끼지 못하고 살아온 내 일은 엄마 눈에는 매우 체계 없고 답답해 보이기도 했을 것이다. 뜻밖의 깨달음이랄까. 코로나19가 별걸 다 가르친다.

　세상이 그렇게 돌아가고 있었기에, 아버지를 떠나보낸 엄마는 대낮에 우두커니 집에 앉아서 상념에 사로잡힐 시간적 여유가 별로 없었다. 엄마가 아버지의 장례를 치르고 약국 문을 일찍 연 이유가 오직 약사로서의 직업의식이나 소명의식 때문이었을까. 가만히 있으면 실감 날 것 같아서는 아니었을까. 50년 넘게 같이 살았던 사람이 떠나버린 애증의 빈자리가. 그리고 엄마의 성격상 가만히 있으면 좀이 쑤신다는 이유도 있었을 것이다. 엄마는 하루 종일 집에서 뒹구는 걸 못 견디는 성격이었으니까. 결혼 전과 결혼 후 몇 년간 말고는 그래본 적도 없는 것 같지만. 그런 면에서 낮의 약국은 슬픔이나 외로움에 잠길 시간을 주지 않는 공간이었다.

　물론 내가 엄마와 함께 살고 있던 시절이 아니라서 그때 엄마의 밤이 어떠했는지는 모른다. 같이 살아도 방문을 닫으면 그걸로 차단되는 마음이 있으니 결국 몰랐을 수 있지만. 엄마에겐 약국 문을 여는 아침이 오기까지 남은 밤과 새벽이 너무 길었을까. 의도치 않은 낮의 활기가 가시고 밤이 되면 내심 엄마가 피곤해서 침대에 눕자마자 곯아떨어지기를 바랐다. 흔한 말처럼 잠이 보약이 되어주기를. 당분간은 각자의 자리에서 제 할 일을 하며 아버지 때문에 서로 챙겨야 했던 피곤함을 쉬게 두기를. 나도 한동안은 대충 그렇게 살았던 것 같다.

약국에 오는
이유

 많은 사람이 약국에 들어온다. 가족이 아파서. 내가 아파서. 친구가 다쳐서. 애인이 걱정돼서. 반려동물을 위해서. 그런데 그중에 특이한 유형이 있다. 급전이나 밥값이 필요해서 들어오는 이들이다. 약국이 은행이나 전당포도 아닌데, 왜? 글쎄 말이다. 그들은 평일 오후 아지랑이 피어오르는 무료한 봄날이나 사막을 방불케 하는 태양이 내리쬐는 여름, 하늘이 청명함 그 자체인 가을, 입이 얼어붙어 말이 사라지는 겨울에도 어김없이 나타난다.

 갖은 사연을 얘기하며 천 원부터 몇만 원까지 손을 내미는 사람들, '설마 이런 뻔한 말을 하며 사기를 치겠어?' 하는 유의 사기를 치는 사람들 목록은 웬만한 책의 목차보다도 길다. 대한민국의 수많은 약국의 약사들, 나아가 점포를 가진 많은 자영업자가 겪는 일인지는 모르겠다. 어쨌든 엄마의 약국에는 그런 이들이 심심찮게 찾아왔다. 대로변에 있는, 할머니 약사님이 있는 약국이라서일까. 내 기억에 엄마는 60대에 들어선 이후로 이런 이들의 존재를 꾸준히 얘기해 왔다. 이제 엄마는 80대 중반이니, 세상은 그때도 지금도 꾸준히 어렵다.

갑자기 들어와서 목탁을 두드리던 스님이 있었다. 엄마가 냉장고에서 드링크제를 꺼내 주었더니 고개를 도리도리하면서 계속 목탁을 두드렸다. 엄마가 천 원을 꺼내도 부동자세로 계속 목탁을 두드리던 스님. 마지못해 5천 원을 건네자 목탁 두드리기를 멈추고 합장을 한 후 나갔다고 한다. 매주 한 번인가 2주에 한 번인가, 하여튼 직접 만든 교회 설교지를 들고 약국에 오는 목사님도 있었다. 엄마가 역시 몇천 원의 헌금을 하면 약국을 위해 기도해 주고 갔다고 한다.

어색한 걸음으로 약국에 들어와서 3만 원만 빌려달라는 남자가 있었다. 우리 집사람과 이 근처에서 만나기로 했는데 갑자기 연락이 안 된다며 내일 와서 돈을 돌려드리겠다는 얘기였다. 댁을 어찌 믿고 3만 원을 덜컥 주냐, 전화번호를 써놓고 가라는 엄마의 말에 잠시 고민하던 남자는 연락처를 적고 3만 원을 받아 갔다. 5분 후 남자가 알려준 번호로 전화를 걸었는데, 실제 그 남자가 받았다. 엄마는 남자에게 아내와 연락이 안 된다고 했던 것은 핑계인

줄 안다, 그 돈 안 줘도 되니 다음에는 그러지 말라고 말한 후 전화를 끊었다고 한다. 남자는 돈을 돌려주러 오지 않았다.

장애가 있는 척하고 껌을 팔러 들어온 이도 있었다. 엄마는 몇 년 전에도 그 남자가 왔던 걸 기억하고 한마디 했다고 한다. "아직도 일할 생각을 안 하고 이러고 있으면 어떡해요." 그 말을 듣고 얼굴이 굳은 채 나가던 남자는 약국 밖에서 한참 엄마를 쳐다보다가 갔다. 눈에서 레이저를 쏘면서. 비슷한 유의 사기를 치러 들어온 다른 남자는 이미 약국에 약을 사러 들어와 있던 손님 한 분이 "이거 이거 사기꾼이네. 약사님, 저 사람 사기꾼이에요!" 하는 통에 허둥지둥 나간 일도 있었다.

내가 약국에서 엄마를 자주 돕던 시절을 떠올리면 가장 기억에 남는 사람이 있다. 어느 해 크리스마스이브 저녁이었다. 약국 문을 열고 들어오는 순간 쓰레기 냄새와 소변에 전 냄새가 코를 찌르던 할머니. 추운 겨울에 드링크제를 한 병 달라고 하더니, 다 마시고도 나가지를 않았다. 밤 9시가 넘어서 약국 문을 닫고 들어가야 했던 엄마와 나는 조금만 기다려 보기로 했다. 크리스마스이브인데 야멸차게 굴기도 난처했다. 그런데 자꾸 뭔가 말을 걸고 먼 곳을 쳐다보는 그분을 보고 있자니, 아차 싶었다. 갈 데가 없으신 것 같았다. 드라마였으면 이 무슨 클리셰투성이인 장면이냐고 구박당할 것 같은 상황.

경찰서 지구대에 전화를 했던 것 같다. 받지 않았다. 이미 바빴을 것이다. 크리스마스이브였으니. 엄마 지갑에서(내 지갑에는 늘 카드만 있고 현금이 없었다) 현금을 꺼내서 드렸다. 이 추위에 찜질방이나 모텔에라도 가서 씻고 잠을 청하시기를 바라며. 약국 문을 닫은 후에도 내내 기분이 찜찜했다. 생판 모르는 분을 집에 모셔가기도 그렇고. 그분은 그날 어떻게 밤을 보내셨을까.

약을 사기 위해서가 아니라 다른 이유로 약국에 온다고 해도 결국 그 이유는 다쳐서, 아파서, 힘들어서다. 몸뿐 아니라 그 무엇이라도. 모든 동네 약국은 엄연한 영업장이지 자선사업 단체가 아니다. 터무니없는 요구는 받아들일 수 없다. 하지만, 동네 약국에 왜 그런 이들이 끊이지 않는지는 알 것도 같다. 어떻게든 효능 있는 처방(그게 몇천 원이더라도)을 바라는 마음 때문이 아닐까. 모르는 척하며 속든, 알면서 속아주든, 염치 불고하고 내 사정을 비벼볼 수 있는 만만하고 낮은 언덕으로 느껴서가 아닐까. 동네 약국은 그런 곳인지도 모르겠다.

카카오맵 평점 1점

하루 종일 피곤한 날이었다. 오후에 일산 킨텍스 부근에서 한국 영화 블루레이 스페셜 메이킹 관련 중요한 감독 인터뷰 일정이 있어서 머릿속이 홀가분하지 않은 날이기도 했다. 미리 운전 경로를 검색하려고 카카오맵을 켰다. 그러다가 검색 목록에 떠 있는 엄마의 약국 이름이 눈에 들어왔다. 그 아래 별점도 보였다. 1점이었다. 뭐지? 약속 시간에 늦을 것 같아서 일단 궁금증을 키우지 않고 지나쳤다. 일이 끝나고 집으로 돌아오는 경로를 검색했다. 다시 검색 목록에 뜨는 엄마의 약국 별점 1점.

어쩌다 1점을 받은 걸까. 별점이 높기는 어렵겠지. 할머니 약사가 혼자 하는 약국은 아무래도 속도가 느려서 답답할 테니까. 심지어 할머니 약사님은 귀가 어두워서 뭐라고 말을 하면 의도치 않게 동문서답을 하거나 몇 번을 다시 물어볼 텐데. 그걸 참을 수 있는 사람과 참을 수 없는 사람이 있을 것이다. 점점 궁금해졌다. 두 앱을 열었다. 네이버지도와 카카오맵. 결론은 극과 극이었다. 네이버지도 평점은 4.2점. 카카오맵 평점은 1점.
    네이버지도 평점에 달린 리뷰들은 대략 이랬다.

    "할머니 약사님이 친절해요."
    "자세하게 설명을 잘해줘요."
    "굿."
    "ㅊㅈㅎㅇ."

    카카오맵에 달린 리뷰는 별점 1점짜리 오직 하나.

    "먼저 먹던 약 있는지 물어보니까 자기들이 안 가지고 있는 약을 왜 찾느냐고, 왜 증상 먼저 말 안 하고 약부터 찾냐며 소비자를 나무라고 가르치는 약국. 소비자가 복용하던 약을 약국에서 찾을 권리도 없는 약국. 참고하세요~."

    읽다 보니 짧은 후기인데도 입에 짝짝 붙게 리드미컬하네. 힙합 하시나. 글 좀 쓰시고 에너지도 상당하신 분이다. 카카오맵에 굳이 들어가서 후기를 올려놓으실 정도이니 불쾌함과 짜증이 꽤 높은 수위였나 보다. 자기들이라는 표현을 보니, 언니가 엄마를 돕기 위해 약국에 와 있었던 것 같다. 그림이 그려진다. 엄마는 아마도 손님에게 이렇게 얘기했을 것이다. 찾는 약은 가지고 있지 않은데, 그걸 왜 찾는 거냐, 예전에 먹었던 약인 것은 알겠는데 지금 어떤 증상이길래 그 약을 먹으려고 하냐, 만약 이런저런 증상이 있다면 찾는 것과 같은 성분의 다른 약도 있다, 그러니까, 앞으로는 약사에게 다짜고짜 약 이름을 말하면서 달라고만 하지 말고, 아픈 증상을 먼저 말씀해 주셨으면 좋겠다…. 그런데 아주 상냥하게 얘기하지는 않았던 모양이다.

  엄마는 평소 휴대전화에 사진으로 찍어놓은 약을 보여주면서 무조건 그 약을 달라고 하는 사람이 많은 것을 답답해했다. 평소 복용해서 효과가 좋은 약이기 때문에 찾는 것이겠지만, 때로는 많은 사람이 TV 광고를 많이 하는 약이나 예전에 먹었던 약만 찾고 없으면 그냥 가버린다, 자기 증상을 얘기하지 않고 자가 진단을 해서 약을 사 먹으면 문제가 생길 수 있다, 약사는 약을 판매하는 것뿐만이 아니라 복약지도를 해야 한다는 게 엄마의 주장이었다. 그러니까, 엄마는 딱 그렇게 말했을 것이다. 1점을 주신 분의 후기 그대로.

이 지면을 빌려 그분께 전해본다.

"그 약사님이요. 맞습니다. 딱 그런 분이죠. 딸인 제 얘기도 늘 한 귀로 흘려버리고 본인 주장을 소리 높여 하시는 분이거든요. 아무리 편리한 방법을 알려드려도 자기 하고 싶은 대로만 하는 고집 센 분입니다. 제가 하는 말은 시끄럽다고 하지만 아들 말은 금과옥조로 여기고요. 사과 조각 먹을 때 젓가락 두 개로 집으면 안 떨어뜨릴 수 있다고 아무리 말해도 젓가락 한 개로 쿡 집어서 먹다가 몇 입 못 먹고 흘리십니다. 그러니, 구닥다리 표현이긴 하지만 안 봐도 비디오입니다. 그런 분에게 심지어 부모를 나무라고 가르치려 드는 자식이라는 소리를 듣는 걸 보면 역시 저는 우리 엄마 딸입니다.

할머니 세대의 고집스러움이 소통에 아쉬움을 남길 때가 많죠. 그래도 약사로서는 책임과 의무를 다하려고 하셨으니 언젠가 한 번쯤 다시 들러주시겠습니까? 제가 이러저러해서 여기저기가 아프다고 말씀하시면 아마도 훨씬 친절하실 거예요. 찾는 약은 늘 없을지도 모릅니다. 대한민국 제약회사는 너무 많아서 여유롭지 않은 약사들은 모든 약을 다 준비해 놓을 수 없거든요. 그럴 때는 같은 성분의 다른 제약회사의 약도 괜찮지 않냐고 물어보실 텐데요. 한 번쯤 생각해 봐주시면 감사하겠습니다. 그러면 약국 앞을 지날 때마다 화도 덜 나시고 기분 나빠서 다른 길로 가는 수고로움도 덜 수 있지 않을까요. 어디까지나 제 생각이지만 말입니다."

카카오맵 평점 1점을 받은 가게를 보면 엄마의 약국이 떠오른다. 그곳 사장님도 우리 엄마 스타일이려나. 고집스럽게 지켜온 마음은 알겠지만, 누가 찾아와야 약국도 하고 장사도 하지요. 에휴. 서비스, 서비스!

넌 대체
무슨 일을 해?

"너 요즘 하는 일이 뭐야?"

엄마가 오랜만에 물었다. 아마도 누군가 댁네 따님은 무슨 일을 하냐고 물었을 것이다. 틈만 나면 어디 괜찮은 사람 없냐고 물색하면서 나의 결혼을 포기하지 않는 엄마가 상대에게 듣는 말이다. (나는 이제 결혼 시장에서는 더 이상 존재 자체가 인식되지 않는 연령대인데, 엄마는 아무래도 내 엄마라서 현실을 잘도 무시한다.) 엄마는 그때마다 명쾌하게 대답을 못하고 집으로 돌아와서 나에게 되묻곤 했다.

"네 직업을 뭐라고 해야 하냐? 무슨 일을 해?"

뭐라고 답을 해줘야 상대가 명쾌하게 고개를 끄덕일까. 그런데 내 직업은 그게 안 된다. 한 줄로 답하기에는 설명할 게 많기 때문이다. 계획한 것은 전혀 아니지만, 나는 영화를 중심에 두고 대략 10년에 한 번씩 직업을 바꾸었다. 영화 월간지 《프리미어》와 영화 주간지 《FILM 2.0》, 즉 영화 전문지 기자를 거쳐 TV의 영화 소개 프로그램 〈접속! 무비월드〉와 〈출발! 비디오 여행〉, 라디오 영화음악 프로그램 〈MBC FM 이주연의 영화음악〉의 대본을 썼던 방송작가로 지냈다.

방송작가 시절에도 물론 프리랜서 영화 저널리스트였다. 방송작가를 그만둔 이후에는 프리랜서 영화 저널리스트이자 다양한 프로젝트의 기획자로 일했고, 한국 영화 블루레이나 DVD에 수록되는 스페셜 메이킹 다큐의 구성작가인 동시에 연출자로도 일했다. 그 중간중간 영화진흥위원회가 발간하는 기관지 《KOREAN CINEMA TODAY》의 편집장이었다. 올해부터는 영화진흥위원회가 발간하는 《웹매거진 한국영화》의 편집장으로 일하고 있다. 큰 그림을 그렸던 것은 아니다. 직업을 바꾼 이유는 그때그때 받은 제안을 거절하지 않았던 결과이거나 먹고살려는 절박한 선택, 둘 중 하나였다. 과거 10년간 배우고 익힌 것을 기반으로 그다음 10년을 먹고살았다.

그래서 결국 무얼 하느냐고? 나는 영화에 관해 글을 쓰고 말하고 질문하며 그걸로 뭔가 만든다. 우선, 한국 영화 감독, 배우, 제작자, 프로듀서, 주요 영화 스태프를 인터뷰해서 그 영화의 DVD나 블루레이에 수록할 '스페셜 메이킹 영상'을 구성하고 연출한다. 영화와 관련해 다양한 물리매체를 만드는 회사인 '플레인 아카이브'가 제안해서 시작한 일이었다. 《FILM 2.0》 기자로 지내다가 〈출발! 비디오 여행〉 작가가 된 내 행보를 보며 그가 함께 작업해 보면 어떻겠냐고 했던 첫 제안이 2015년 〈베테랑〉 블루레이에 들어갈 스페셜 메이킹 작업이었다. 나의 한국 영화 블루레이 스페셜 메이킹 작업은 〈베테랑〉을 시작으로 〈부산행〉 〈독전〉 〈기생충〉 〈82년생 김지영〉 〈벌새〉 〈모가디슈〉 〈헤어질 결심〉 등으로 이어졌다. 그러고 보니 9년 만에 〈베테랑 2〉가 개봉했다. 이 일도 10년 가까이 한 셈이다.

영화제 특별전 전시를 위한 영상이나 개막식용 영상을 제작하기도 한다. 대표적으로는 '부천국제판타스틱영화제'와 일할 기회를 얻어 몇 해 동안 이어져 온 '배우 특별전'의 영상 작업이 있다. 전도연, 설경구, 최민식, 손예진, 이병헌 배우의 특별전 영상을 작업했다. 그 밖의 출판 콘텐츠도 만든다. 누가 어떤 대중적, 산업적 주제로 글을 쓰면 좋을지 기획하고, 다양한 직군에 글을 청탁한다. 내가 종종 청탁받을 때도 있다.

지금은 웹진의 편집장으로 근무하다 보니, 매월 영화진흥위원회 정책연구팀, 웹진의 운영업체 팀과 기획 회의를 하고 아이템을 정해서 원고를 청탁한다. 기사가 마감되면 매주 몇 꼭지씩 주간 업로드 체제를 한다. 그 와중에 청탁한 원고의 글이 더 선명해지도록 '데스킹' 하기도 한다. 이외에도 여러 회사 혹은 기관, 단체와 협력한다. 그러니까, 하나의 프로젝트를 끝마치고 다음 단계로 넘어가는 게 아니라 늘 여러 가지 프로젝트를 동시에 해왔다. 영상 편집 기법에 비유하자면, '디졸브' 즉 앞의 장면이 사라지면서 다른 장면으로 변화하는 장면 전환 기법같이 이 프로젝트의 끝과 다음 프로젝트의 시작을 겹치기 하면서, 멀티플레이어로서 생계를 유지한 셈이다. 25년 남짓 그렇게 살아오는 동안, 휴가를 제외하고 내가 '완전 백수'로 있었던 시간은 딱 일주일이다.

직장인에서 프리랜서가 된 것은 2008년이다. 영화 주간지 《FILM 2.0》에서 퇴사한 이후 줄곧 프리랜서로 살다가 9년 후인 2017년에 개인사업자가 되었다. 이유는 간단하다. 프리랜서로 살다 보니 급할 때 대출 받기가 어려웠다. 계약서를 쓰지 않고 하는 일도 너무 많았다. 세금계산서를 끊으면 증빙이라도 되겠지 싶은 마음에 사업자 등록을 했다. 계약서를 복잡하게 쓰는 더 큰 일도 하고 싶었다.

더 많이 보여주고 싶고 더 많이 보여줄 수 있다는 의미에서 회사 이름을 '시모어 컴퍼니(SeeMore Company)'라고 지었다. 콘텐

츠를 기획하고 제작하는 1인 회사인데, 그 이름처럼 확장해 나가고 싶었다. 뭔가 좀 된다 싶을 때 코로나19가 전 지구를 휩쓸면서 나도 수많은 자영업자처럼 미칠 것 같은 몇 년을 보냈지만. 그래서 지금도 여전히 1인 사업자이다.

    내가 하나의 직업으로 산 기간은 영화 전문잡지 소속 기자였던 10년이다. 여러 직업을 병행한 세월이 그보다 더 길다. 그동안 드문드문 나를 만난 사람들은 늘 난감해했다. 영화 저널리스트라고 불러야 할지, 영화 평론가라고 불러야 할지. (지금은 칼럼을 쓰지도 않는데) 칼럼니스트라고 불러야 할지, 작가라고 불러야 할지. 연출자 혹은 감독이라고 불러야 할지, 대표라고 불러야 할지. 사람들은 다른 이에게 나를 제대로 호칭하거나 소개하는 것도 어려워했다. "아, 이분이 누구시냐면, 영화… 작가?" 방송 패널로 출연해서 자기소개를 하라고 하면 나는 나를 짧고 굵게 소개할 방법이 뭘까, 어떤 말이 한 줄로 나를 표현할까, 늘 고민했다.

    한 줄로 설명되지 않는 직업을 가진 게 문제일까, 직업을 한 줄로 표현할 방법을 찾지 못한 게 문제일까. 아무리 자세히 얘기해 줘도 다들 금세 잊어버리니, 누가 물어보면 차라리 이렇게 말해버리고 싶었다. "안녕하세요. 제 직업은 '난감 오브 난감', 혹은 '기획자 O 난감'입니다."

지금은 여러 직업을 동시에 가진 이들이 많다. 그때그때 상황에 맞춰 직함을 바꾸는 유연함이 대세인 시대지만, 하나의 직함으로 불리지 않는 사람을 '듣보잡' 취급하는 분위기가 다소 수그러든 것은 그리 오래된 일이 아니다. 여전히 그런 취급을 당당하게 해주는(?) 이들도 많다. 내가 나를 규정하지 않으려고 하는데, 그걸 받아들이는 대신 일단 규정하고 보는 사람들. 근 몇 년간은 영상 및 출판 기획 작가이자 연출자로서 일해왔고, 최근에는 영화 관련 웹진 편집장 일을 주로 하니 다들 작가 혹은 편집장이라고 부른다. 어쩐지 사람들이 속 시원해하는 것 같기도 하다. 그간 아무도 대놓고 말하지는 않았지만, 이런 무언의 압박 같은 게 느껴졌기 때문이다. '너는 왜 부르기도 애매하게 이런저런 일을 하니.'

정규직과 비정규직이라는 직업의 카테고리 안에서, 나는 이쪽이기도 했고 저쪽이기도 했던 경험자다. 확고한 직업군이 있는 세대와 미세하게 분화되고 파생되는 직업 환경에 처한 세대, 그 사이에 팔을 벌리고 서 있는 세대였다. 내 주위에는 여러 개의 프로젝트를 동시에 굴리면서 다양한 직함을 가진 이들이 여름밤을 수놓은 반딧불이처럼 반짝인다.

엄마의 주변에는 거의 없다. 이것은 세대 차이인 동시에 문화 차이이기도 하다. 약국을 개업한 이후 지난 50년간 전문직이자 '약사님'으로 불려 온 엄마는 이 사회의 직업군 중에서도 상위에 있다.

전문직 엄마와 프리랜서 딸. 써놓고 보니 우리의 간극은 꽤 크다. 일반적인 시선으로 볼 때 나는 확실히 부모보다 가진 것이 적어 보이는 자식 세대다. 성향의 차이도 큰데 직업의 차이까지 더해지면 우리 사이에는 어마어마한 블랙홀이 열린다. '가족 간의 사랑'으로도 다 메워지지 않는, 〈인터스텔라〉보다 더 설명할 수 없는 감정과 태도와 시선의 블랙홀.

늘 갑이었던 엄마는 매사에 습관적으로 이것저것 시키는 일에 익숙하다. 평생 을과 병 혹은 정쯤으로 살아온 나는 시키는 일을 투덜대면서 효율적으로 하는 데 익숙하다. 그렇다면 어찌어찌 잘 맞을 것도 같다고? 사회에서 갑과 을의 갈등은 노사정 협의라도 거친다. 가정에서 갑과 을의 갈등은 어느 날 그냥 터진다. 나는 25년을 일해도 통장 잔고가 바닥이지만, 엄마는 약국을 가졌다. (그다지 매출이 오르지 않는 약국이긴 하지만.) 그리고 온갖 집안 문제를 해결하느라 내 계좌는 자주 텅텅 비었다.

전문직 부모 세대에게서 태어난 나는 뜻밖에도 집안의 변종이 되었다. 약대를 나와 약사가 된 엄마와 법대를 나와 행정직 공무원이 된 아버지가 기대도 상상도 하지 않았던 업종을 택해 먹고 살고 있다. 돌이켜보면 부모님의 기대를 충족시킨 적이 한 번도 없다. 약학대학에 갔으면 했던 엄마의 바람과 달리 수학을 지독히도 못 해서 문과에 갔다. 소비자경제학과. 여기가 뭐 하는 과인지도 모르면서 커트라인에 맞춰서 간 과였다. 재수는 하지 않았지만, 부모님이 바라던 대학에는 들어가지 못했다. 졸업할 때쯤에는 대학원에 진학하면 지원해 주겠다는 아버지의 희망을 저버린 채 황당하게 학사 편입을 해버렸다. 실은 지원했던 대학원 시험에 떨어졌고, 그때 했던 공부가 아까워서 편입 시험을 봐버렸기 때문이다.

 졸업할 즈음에는 이름을 대면 알만한 기업이나 신문사, 방송국에 취직하겠거니 하는 기대를 저버렸다. 40번 넘게 여기저기 면접에서 떨어지더니 생판 낯선 외국계 라이선스 영화 잡지사에 취직했다. 2년쯤 돼서 또 다른 잡지사로 옮긴 후에는 월급이 밀렸다가 나왔다가 했던 우여곡절 많은 8년을 간신히 채우고는 그만뒀다. 한국의 영화잡지들이 정신없이 어려워지던 시절이었다.

 프리랜서가 되고부터 더 바빴다. 공중파 TV 영화 프로그램의 작가로 일했고, 공중파 라디오의 여러 프로그램에서 게스트로 뛰었다. 여러 곳에서 원고 청탁을 받아 글을 썼고, 할 수 있는 한 많은 영화 관련 아르바이트를 했다. 부모의 시선으로는 출퇴근도 안 하는데 날마다 바쁘다는 게 이해가 가지 않는 삶이었다. 그렇게 정신없는 것 같더니 결혼도 안 하고 아이도 낳지 않았다. 나는 결국 제멋대로 제 맘대로 사는데 어떻게든 입에 풀칠하는 딸이 되었다. 그리고 어느 틈엔가 집안 경제에도 나름 도움 되는 딸도 되었다.

내가 하는 일이 정확히 무엇인지 엄마에게 설명하지 않았다. 한번 설명하면 그 후에 이어질 질문의 공세가 부담스러워서다. 대충 말해버리면 대충 이해한 엄마가 친척들, 친구들을 만나거나 교회에 가서 나를 엄청난 성공 신화의 주인공으로 탈바꿈시킬 위험이 컸다. 예를 들어 LG전자에 자재를 납품하는 회사 대리점에 근무한다고 했다가 LG전자에 다닌다는 식으로 와전되어 버리는 경험, 나만 한 건 아닐 것이다.

부모로서는 그들 나름의 사랑 방식이지만, 자식에게는 초난감이다. 그래서 나는 직업을 바꾸어도 집에 와서 구체적으로 얘기한 적이 거의 없다. 최근 편집장이 되었다는 합격 전화를 하필 엄마의 출근길에 받지 않았다면, 엄마는 여전히 내가 정확히 뭘 하는지 몰랐을 것이다. 에잇!

나는 왜 이렇게 쉽게 설명하기 피곤한 일을 하고 살아왔을까? 내게 물어보니 답은 하나였다. 재밌으니까. 나는 세상 그 어떤 일보다 영화를 보고, 영화에 관해 쓰고, 묻고, 그렇게 얻은 정보로 무언가를 만드는 게 재미있었다. 영화 자체를 만들 생각은 없었다. 나는 보는 게 훨씬 좋았다. 지식도 없고 요령도 없는데 무작정 현장에서 굴렀던 영화기자 시절, 이상한 고립감을 느꼈던 방송작가 시절, 스스로를 완전히 들판에 내던진 개인사업자의 시절을 지나며 나는 그것을 알게 되었다.

영화를 둘러싼 모든 일은 나의 놀이, 나의 눈물, 나의 웃음이었다. 온갖 마감에 시달리며 일이 풀리지 않는 지옥을 건너온 순간은 내 자부심이 됐다. 제작사, 배급사, 매니지먼트사, 홍보사, 영화제, OTT 플랫폼, 영화 관련 공기관이 얽인 업무 때문에 24시간 잔걱정을 달고 사는 일상임에도. 노력에 비해 터무니없는 보상을 받을 때가 대부분인데도. 극소심 I가 긍정형 E가 되는 동안, 나는 내가 이리저리 굴러다닌 동네가 지긋지긋하면서도 즐겁다.

"넌 대체 무슨 일을 해?"라는 질문에 이제는 말해줄 수 있다. "그냥… 좋아서 하는 일을 해." 좋아하지 않고는 도저히 할 수 없는 일들을 한다. 묻는 이들에게는, 특히 전문직으로 평생을 살아온 엄마에게는 더할 나위 없는 동문서답이겠지만.

다 무너질까 봐
벨트를 합니다

엄마의 약국 한쪽에는 발목, 다리 무릎, 팔, 팔목 등 부위별 보호대를 걸어놓은 진열대가 있다. 그중 허리에 매는 벨트와 발목 보호대는 실제로 엄마가 오랫동안 착용해 왔다. 엄마에게는 60대 후반부터 척추협착증이 있었다. 일종의 직업병이라고 할 수 있다. 어느 날 조제실에서 몇십 건의 조제를 하던 엄마의 허리에서 뚝! 하는 소리가 났다.

그때부터 발가락이 저리고, 허리가 아프고, 제대로 중심을 잡기 어려워졌다. 허리에 벨트를 매지 않으면 오래 서 있을 수도 없는 상태가 되었다. 그래서 벨트를 매고 조제대 위에 배를 붙이고(실은 배를 내밀고) 처방약을 조제하는 기형적 S라인 자세가 완전히 몸에 익어버렸다. 하루에도 수십 건의 조제를 할 만큼 약국이 바빴던 시절이 안겨준 부작용이다. 지금은 조제실에 자동화 기계를 두고 촤르르르 나온 조제약 봉투를 건네는 약국도 많지만, 엄마는 여전히 몸을 쓴다. 그런 기계를 사기는 부담스럽고 익숙하지도 않아서다.

엄마에게 제2의 척추가 되어준 허리벨트는 당연히 나도 써보라고 하는 통에 집에도 와 있다. 막내 이모의 집에도 가 있으며, 온종일 서서 일하는 약국 근처 시장 상인 어르신 가운데 여러 명의 집에도 있다. "벨트 안 하면 큰일 나." 엄마가 입버릇처럼 하는 말이다. 허리 때문에 찾아갔던 신촌세브란스의 정형외과 교수보다 더 믿고 의지하는 벨트. 허리가 무너지면 약국을 못 하고, 약국을 못 하면 집을 지킬 수 없고, 그러면 평생 일했는데 남는 것도 물려줄 것도 없다는 도식이 엄마의 무의식 속에 성립하고 있는지도 모르겠다.

엄마에게 오래 서서 일했던 하루가 많다면, 내게는 오래 앉아서 일하는 나날이 많다. 오래 서 있는 것 못지않게 오래 앉아 있는 것도 몸을 망가뜨린다는 것은 익히 알려진 사실. 노트북 앞에 오래 앉아 있으면 거북목, 둥글게 앞으로 말린 어깨, 목뒤에서 승모근과 날개뼈까지 이어지는 통증, 편두통, 소화불량, 침샘염, 부정맥, 심근경색이 생길 위험이 있다고 한다. 나는 이 중에서 상당수를 앓고 있다. 운동을 열심히 하는 시기에는 통증이 제법 사라졌다가 운동할 여유가 없어지면 통증이 다시 몸을 강타한다.

친한 기자 후배들도 모두 비슷한 증상을 겪고 있다. 목과 어깨 통증에 좋다고 해서 써봤다는 온갖 베개 브랜드를 공유하기도 한다. 너무 아픈데 이러지도 저러지도 못해 파스를 덕지덕지 붙이고 다니기도 한다. 이제는 하다 하다 그냥 타올을 둘둘 말아 목 밑에 대고 잔다. 나의 통증 클리닉이라 할 필라테스 단체 수업 도중 강사님이 알려준 방법인데, 효과가 있는 것 같아서 계속하고 있다.

엄마가 다 무너질까 봐 벨트를 하듯이, 나는 더 기회가 없을까 봐 노트북 앞에 거듭 앉게 되는지도 모른다. 지금 하는 일들을 언제까지 할 수 있을지 알 수 없기 때문이다. 원하든 원하지 않든 찾아올 순간이고 내 또래들 대부분이 겪는 불안인데, 그게 가끔은 상당히 예리한 통증이 되어 몸과 마음을 가격한다. 그런 통증 같은 불안을 잘 다스리기 위해서 할 수 있는 일은 그냥 지금에 열중하는 것뿐이다. 눈앞에 닥친 일을 하나하나 소중히 다루는 것. 시간을 잘 분배해서 내 몸이 아프지 않을 정도의 한계를 찾아 그 안에서 최선을 다하는 것. 그러다 정 안 되면 잠깐 미친 척하고 놀아버리는 것. 나는 확실히 이 방법밖에는 잘 모르는 것 같다.

엄마와 함께 살면서 우리는 서로의 몸 상태를 비교적 빨리 알아챈다. 대화가 안 통해서 마음이 부딪친 날에는 서로 아무 말도 안 하고 넘어가는 때도 많다. 그래도 매일 보면서 평소와 다른 걸

음걸이, 갑작스러운 입술 떨림, 문득 멈춰 선 걸음, 어쩐지 잠기는 목소리를 눈치채지 않을 도리는 없다. 알아채는 것까지는 좋은데 아무래도 약을 많이 먹게 되는 단점은 있다. 엄마는 조금만 몸이 불편하다고 하면 약을 먹으라고 해서 탈이다. 노년의 건강 염려증에 약사의 직업정신을 더하니, 한 알 먹을 약도 네 알로 늘어나는 기분. 약 먹을 생각에 머리가 더 아파진다.

우리는 각자의 불편함, 각자의 통증을 끌어안고 잠이 든다. 일어나 아침을 먹고 각자의 일을 하러 헤어진다. 그만하길 다행이라고, 마음속으로는 매우 안도하면서.

약국 옆
한정식집

가끔 생각한다. 나의 친구들, 나의 동료들을 내가 80대가 되어서도 만나고 있을까. 나는 그때까지 별 탈 없이 잘살고 있을까. 너무 아프지는 않았으면 좋겠는데. 1년에 두 번 만나는 《FILM 2.0》 선후배들도 그때까지 잘살고 있어야 할 텐데. 휠체어를 타고서라도 기어이 모여서 50년 전 했던 얘기를 하고 또 하면서 놀아야 할 텐데.

엄마는 한 달에 한 번 친구들의 모임이 있다. 하지만 잘 못 나간다. 혼자 걷기 힘드니 누가 함께 갔다가 함께 오지 않으면 가기 힘들고, 평일에 모임을 간다고 약국을 비우기도 힘들어서다. 엄마의 모임 친구들은 약학대학 동문이다. 심지어 그중에는 순천여중인지 여수여고인지를 함께 다녔다가 이화여대 약대에서 다시 만난 친구도 있다고 했다. 종로구 내자동에서 여전히 약국을 하는, 엄마처럼 현역 약사인 친구도 있다. 아버지의 장례식에 조문 오셨던 엄마의 또 다른 친구도 그 모임에 나오신다.

한번은 엄마가 친구 약국에 가야 한다고 해서 왜 가시냐고 했더니, 친구가 하는 약국 바로 옆집이 한정식집이고, 거기서 친구들이 모임을 한다고 했다. 나는 "무슨 약국 옆에 한정식집이 있어?"라고 퉁명스럽게 대꾸했다. 그런데 올해 3월인가. 광화문 '경희궁의 아침' 부근의 상가를 찾아가기 위해 버스를 타고 서촌에서 내려 내자동 골목길 안으로 들어갔다. 그리고 내 눈으로 약국 옆 한정식집을 마주하고 말았다. 진짜였네, 내자동 주택가 골목 안 약국 옆 한정식집. (엄마도 내 말을 어지간히 안 믿지만, 나도 엄마의 말을 상당히 불신하니, 이 불신지옥을 벗어나긴 해야 한다.)

엄마만 빼고, 엄마의 친구들은 그 연세에도 씩씩하게 지하철 타고 잘들 걸어 다니신다. 모임은 토요일 점심에 있는데, 멤버 중 한 분이 오래 누워 있는 남편을 수발하느라 못 나와서 가끔 금요일로 옮기기도 한다. 모임이 토요일에 있을 때는 언니가 엄마와 함께 그 모임에 갔다가 밥을 먹고 함께 돌아오고는 했다. 언니의 증언에 따르면, 엄마가 우리에게 골백번도 더 했던 얘기를 친구들에게 하니 그렇게 리액션이 좋더라는 것이다.

"어머, 그러니? 세상에, 너무 재밌다."

딸자식인 내게서는 절대 나오지 않는, 천사의 하모니 같은 리액션이 엄마 친구들 입에서 폭포수처럼 쏟아졌다는 이야기. 엄마가 그 모임에 가고 싶어 하는 건 당연한 일이었다. 엄마처럼 남편을 먼저 떠나보냈거나, 곧 그런 일을 겪을 분들이 인생의 황혼에서 서로 의지하며 맛있게 수다를 떠는 모습을 간혹 상상해 보고는 한다. (하지만 따라가고 싶지는 않다. 한번 시작하면 엄마를 그 모임에 데려가는 일은 결국 내 차지가 될 게 뻔하다. 엄마의 출퇴근과 식사 챙기기, 교회 가기와 병원 순례만으로도 나는 이미 벅차다.)
그 모임에서 내 동생의 결혼을 위한 기도를 하신다니, 참으로 감사하다. 나는 빼주셔서 더더욱 감사하다. 사람 앞일이야 모르는 것이지만. 엄마, 설마 축의금을 염두에 둔 건 아니시겠지?

푸르른 5월, 다른 과 학생들은 신나게 놀러 다니던 무렵에 가운을 입고 학교 잔디밭에 둘러앉아 피 터지게 시험공부하고 실험만 했다는 엄마와 친구들. 황혼의 나이에 그 기억을 반찬 삼아 씹고 뜯고 맛보고 즐기시는 것 같다. 재미있게 노시기를. 서로를 위로하고 걱정해 주시기를. 나도 언젠가 친구, 동료들과 그런 시간을 맞이하게 된다면, 밤새 졸다 깨다 하면서 기사를 쓴 다음 날 나를 불신하던 김 모 편집장에게 기사를 퇴짜 맞던 시절을 안주 삼아 도란도란 얘기해 보련다.

배운다는 것

어느 일요일 아침이었다. 엄마가 몇 주 전부터 되풀이해서 상기시켰다. '은평구 약사회'의 약사들이 한자리에 모여서 교육을 받는 날이라고. 강의가 오전부터 있고 점심을 먹으면서 잠깐 쉬었다가 오후 늦게까지 이어진다나. 새로운 약의 처방과 조제에 관한 것부터 약국 운영과 회계에 관한 강의까지 있는 모양이었다. 안 가면 절대 안 된다고(꼭 그런 건 아닌 것 같은 의심은 들었지만) 엄마가 신신당부했던 게 기억난다.

엄마와 함께 교육 장소로 가서 등록을 시켜드렸다. 30대부터 80대까지 다양한 연령층의 약사 선후배들이 서로 반갑게 인사하면서 강의실을 가득 채우고 있었다. 출석 체크는 QR코드로 하는데, 다소 어려워하는 노년층 약사님들도 보였다. 주최 측에서 친절하게 도와주었다. 그리 어렵지 않게 출석 체크를 한 엄마는 강의 교재를 받아들고 강의실 빈자리에 무사히 착석했다. 앉아 있기 힘드시면 오전 교육만 받고 가서도 된다는 은평구 약사회 사무국장님의 말을 한 귀로 듣고 한 귀로 흘리면서. 불꽃 수강생을 자처한 엄마를 교육이 끝나는 오후에 픽업하기로 약속하고, 나는 볼일을 보러 밖으로 나왔다.

　차를 몰아 도심을 달리면서 생각했다. 그렇지. 공부해야지. 어느 직업이나 그 일을 오래 하려면 꾸준히 공부해야 하는 건 당연하다. 엄마가 이런 교육을 받을 때 몇 번 픽업 서비스를 했던 경험상 엄마는 교육받으러 갈 때 부담을 느끼면서도 활기가 넘친다는 걸 알고 있었다. 약사회의 조직력도 느낀다. 회라고는 먹는 회 또는 회사 회식 외에는 가까이해 본 적 없는 나로서는 흥미로운 광경이었다. 모이는 '회'가 좋은 방향으로 쓰이는 걸 별로 본 기억이 없다. 여러 목소리를 하나로 모아 대변해 주기는 하지만 대부분 세력 다툼, 주도권 장악, 자기 밥그릇 지키기에 사용되니까. 그런데 '공부를 시킨다'는 긍정적인 측면을 오래간만에 본 것 같았다.

　그러고 보니 엄마는 이런 오프라인 강의도 들으면서 온라인 강의도 1년에 몇 과목씩 들어야 한다. 인터넷 사용이 익숙하지 않은 어르신 약사님들도 접속만 하면 쉽게 쫓아갈 수 있다고 해서 온라인 강의 접속을 도와준 것도 여러 번이다. 계속 공부하게 만드는 집단에 속한 개인은 어찌 됐든 퇴보하지는 않을 것 같다. 엄마는 약을 조제하는 속도는 느릴지언정 새로운 약의 효능과 처방, 약국이 처한 현실과 다가올 약업의 미래에 관해서 계속 생각할 테니. 엄마의 나이가 엄마에게 점진적인 퇴진을 요구하더라도 교육은 그것을 조금쯤 유보해 줄 수도 있을 것이다.

내 경우는 어떤가. 대학교 졸업 이후 어딘가에 모여서 강의를 듣는 방식의 교육은 받은 기억이 없다. 영어학원에 다니거나 운전면허증을 따기 위해 수강생이 된 때 말고는. 내 직업에 소용 있는, 직업의 미래를 위한 교육을 따로 그리고 정기적으로 받은 기억이 없는 것이다. MZ 세대로 태어났다면 나태하기 짝이 없는 나는 취업 활동을 제대로 못 했을 것이다. 대학 때 영화 관련 동아리 활동을 1년 했을 뿐, '문화학교 서울' 같은 씨네필의 성지에 발도 들이지 않았다. 언론 매체에 입사하기 위해 스터디 같은 걸 해본 적도 없다. 물론 이건 절대 자랑할 일이 아니다. 혼자 하는 것 말고는 방법을 몰랐기 때문이다.

나는 영화를 전공하지 않았다. 커트라인에 맞춰 뭘 배우는지도 모르는 학과에 들어갔고, 거기서 생뚱맞은 수요곡선과 공급곡선만 간신히 그리다가 졸업했다. 이후 학사 편입을 해서 다시 4년제 신문방송학과에 다녔다. 그 시간 내내 영화를 좋아했고, 졸업 후 40여 군데 회사에 지원했다가 떨어졌다.

잡지사 취재기자를 하면 어떨까 싶어서 원서를 냈던 영화 월간지 《프리미어》에 면접과 시험을 보러 갔다. "안성기와 한석규 두 배우에게 질문하고 싶은 몇 가지"를 쓰라는 문제가 나왔다. 내 실력은 뻔했으니, 엉망진창으로 써냈던 것 같다. 면접에서는 뭘 잘하냐고 묻길래 노래라고 했다. 한번 불러보라고 해서 심수봉의 노래 〈남자는 배 여자는 항구〉를 열창했다. 〈전국노래자랑〉에 나갈 것도 아니면서.

이불 킥을 백만 번쯤 해야 할 면접이었는데… 합격했다. 편집장은 아무것도 모르는 애라고 싫어했다는데, 면접을 함께 봤던 왕고참 사진 팀장 선배가 뽑아 놓으면 재미있을 것 같다고 해서 뽑았단다. 지금 돌이켜봐도 난 뭘 전혀 몰랐다. 그래도 운 없는 인생은 아니었나 보다.

어쨌거나 직장인 시절에도 무슨 무슨 '회'라는 이름 아래 공식적으로 누군가와 묶여본 적이 없다. 프리랜서로 오래 지낸 후에는 피곤한 현실 때문에 프리랜서 협회라도 만들어야 하나 싶었지만. 그러고 보니 신기하다. 영화에 관한 전문 지식이 바닥이었던 내가 어떻게 지금까지 버텼지?

아마도 내가 계속 현장에 있었기 때문일 것이다. 현장에서 굴러다닌 인생이랄까. 일단 여러 매체와 경쟁하며 새로운 아이템을 발굴해야 하는 월간지와 주간지 시스템 속에서 10년을 보냈다. 여러 제작사, 배급사, 매니지먼트사를 들락거리고, 매년 새로운 프로그래밍으로 찾아오는 영화제에 참석하며 수많은 영화를 보고 감독과 배우에 관해 알아가던 순간. 수많은 영화인을 만나고 그들의 생각을 들었던 시간이기도 하다. 물론 이 일은 지금도 이어지고 있다.

잡지쟁이로 10년을 보낸 이후의 15년은 TV와 라디오를 오가며 게스트로 출연하고 작가로 일해본 경험, 피처 기사, 뉴스 기사, 온갖 기획안, 보고서, 인터뷰 기사, TV와 라디오 대본, 영상 구성안 등을 써야 했던 나날로 채워져 있다. 그 모든 게 내 학교요, 선생이요, 강의실이었다. 배우지 않은 게 아니었다. 나는 매주 매일 배웠다. 아니, 하루에도 몇 번씩 배웠다.

내가 만나본 거의 모든 감독과 배우는 자신의 영화나 연기에 만족하는 법이 없었다. 그들 모두 웬만해선 타인에게 구체적으로 말하지 않는 자기만의 아쉬움이 있었다. 후회하지는 않지만 만족할 수 없는 마음. 그게 결국 다음 영화를 만들게 한다. 그러니 모든 일에는 그 일의 현장에서 마주하는 저마다의 배움이 있다. 지금 하는 모든 일은 다음 일을 기약하는 배움이 된다. 지금 내 눈앞에 벌어진 상황, 나와 마주하고 있는 누군가에게 배우고 있다는 마음이 두려움을 딛고 새로운 일에 뛰어들게 한다. 나도 그렇다. 후회하지는 않지만, 만족할 수 없는 마음으로 살면서 몇 번이나 두려운 새 일에 뛰어들었던 경험을 떠올려본다. 두려워하면서 배웠던 시간이 다행스럽다. 나는 그래서 간신히 내가 되었다.

그 모든
'스페셜'한 순간들

 엄마의 직업인 약사는 하는 일이 명확하다. 약국에 들어와서 몇 분 서 있기만 해도 약사가 무슨 일을 하는 직업인지 알 수 있다. 물론 조제의 노하우나 약에 관한 지식, 약국 운영의 매끄러움 같은 것은 한눈에 보이지 않지만, 적어도 약사는 '이런 일을 하는 사람'이라고 한 줄로 설명하기 좋은 직업이다. 대체로 '사' 자가 붙은 직업이 그런 것 같다.

 내 직업은 전혀 그렇지 않다. 어떤 일을 할 때는 명확하게 보이지만, 어떤 일을 할 때는 몇 분 지켜보는 정도로는 파악이 어렵다. 한꺼번에 여러 가지 일을 하기도 하고, 오전과 오후에 전혀 다른 일을 하기도 한다. 아마 나와 하루 종일 함께 있더라도 이 인간이 뭘 하는지 감을 잡기 어려울 수도 있다. 특히 '스페셜 메이킹' 영상 작업은 많은 설명이 필요하다. 이참에 내가 만들었던 〈기생충〉 블루레이 스페셜 메이킹 작업 과정을 예로 들어보려고 한다. 2019년 5월 열린 '칸국제영화제'에서 〈기생충〉이 황금종려상을 받고, 봉준호 감독과 송강호 배우가 9월 미국 콜로라도주에서 열리는 '텔루라이드 영화제'(아카데미 레이스의 실질적인 출발점)에 가기 직전, 작업의 첫 일정이 시작되었다.

이 일은 영화 배급사와 계약한 DVD 블루레이 전문회사가 다른 블루레이 제작 회사에 외주를 주고, 그곳에서 다시 내게 의뢰한 구조였다. 그러니까, 굳이 갑을병정 하는 식으로 따지자면 나는 '정'이었다. 갑을병정 한 인생이여…. 그런데 정에 위치한 것 치고 해야 할 일의 무게는 꽤 무겁다. 일단, 인터뷰할 모든 대상마다 그 역할과 비중에 따라 다른 깊이와 길이의 질문지를 만들어야 한다. 그리고 이 질문들의 답은 영상으로 담을 때 어떤 연결고리가 만들어져야 한다는 것을 염두에 두고 작성해야 한다. 그게 말이 되냐고? 일이라서 그런지 하다 보면 된다.

영화 〈기생충〉을 천만이 넘는 관객이 봤으니 잘 알겠지만, 문제는 인터뷰 대상자들 대부분이 한국 영화계의 '베테랑 오브 베테랑'이라는 사실이다. 나는 〈기생충〉 블루레이에 들어갈 스페셜 메이킹을 만들기 위해 봉준호 감독과 송강호 배우를 비롯한 주요 배우들, 스태프들, 10명 가까운 단역 배우들까지 모두 33명과 인터뷰해야 했다. 전 세계가 달려들어 인터뷰를 요청했던 이들이다. 대체 무엇을 어디서부터 어디까지 물어봐야 하나. 걱정이 고개를 드는 걸 자꾸 눌러 앉혀야 했다. 한편으로는 솔직히 가슴이 뛰었다. 한국 영화의 중요한 인재들과 독대할 수 있는 매우 드물고 신나는 기회였으니까.

봉준호 감독과는 다섯 번을 만났다. 원래는 한 번으로 끝나야 했다. 그런데 당시 봉 감독은 아카데미 시상식을 비롯한 여러 일정을 소화하느라 너무 바빴다. 첫 번째 인터뷰에서 나는 극 중 송강호 배우가 연기한 기택 가족의 반지하방에 관해서 얘기하다가, "송강호 가족으로 대변되는 소시민들의 신세"라는 표현을 했다. 봉 감독은 "'신세'라는 단어가 심플하면서도 적절한 표현 같아요"라면서 그에 이어지는 답을 했는데, 그때 깨달았다. 적절하지 않은 단어를 쓰면 이 인터뷰는 망하는구나. 적절한 단어를 신중하게 내뱉느라 뇌가 팽팽 돌아가는 게 느껴졌다. 생각은 많은데 시간은 많지 않아서 준비한 질문을 다 할 수 없는 상황이 됐다. 그걸로 그냥 끝날 수도 있었지만, 물리매체를 아끼는 감독들은 블루레이를 위한 인터뷰를 절대 대충 하지 않는다. 그러면 그때 그 모습과 호흡과 생각이 블루레이 안에 영원히 박제된다는 사실을 알기 때문이다. 봉 감독 또한 당연하게도 시간을 다시 내겠다고 했고 실제로 그랬다.

두 번째 인터뷰 때는 1시간 넘게 대화가 이어졌다. 그런데 아뿔싸…. 2/3 정도 질문했는데, 감독님이 너무 피곤하고 지쳐 보였다. '아… 지루해지고 있어. 어쩔 거야? 빨리 뭐라도 하라고!' 또 다시 뇌가 핑 도는 느낌이었다. 그래서 갑자기 떠오른 질문을 던졌다.

"〈기생충〉은 '계단 영화'라고 불러도 좋을 만큼 장면 곳곳에 계단이 나오죠. 그 많은 계단 중에서 감독님이 가장 아끼는 '최애' 계단은 무엇입니까?"

절박하게 급조한 질문이었는데, 봉 감독은 갑자기 매우 활기 넘치는 목소리로 답했다.

"계단은 가파르고 폭이 좁아야 맛이죠. 그래서 근세(박명훈)가 지하에서 네발로 기어 올라오는, 근세의 벙커로 내려가는 그 가파르고 좁은 계단을 가장 좋아해요."

이어지는 계단 형태에 숨어 있는 디테일에 관한 디테일한 설명. 와…. 십년감수.

그 뒤로 바쁜 와중에 틈틈이 시간을 낸 봉준호 감독과 인터뷰를 이어갔다. 봉 감독을 필두로 〈기생충〉의 기세 좋고 앙상블 훌륭했던 배우와 스태프 그리고 영화에 등장하는 단역들까지 인터뷰를 끝내고 나니 대략 7개월이 흘렀다. 마지막 인터뷰는 〈기생충〉이 아카데미 시상식에서 4관왕에 오른 후에나 끝마칠 수 있었다. 그냥 인터뷰만 하는 것이라면 내 일은 여기서 끝난다. 하지만 스페셜 메이킹 작업은 여기서부터 다시 시작된다. 이후가 더 진짜라고 해도 좋겠다. 이제 메이킹 자료의 늪에 내 발로 들어가야 한다. 자료 지옥의 문이 열리는 것이다.

    인터뷰가 끝나면, 우선 스페셜 메이킹을 만들기 위한 이미지 자료를 전달받아 체크해야 한다. 촬영 현장을 기록한 몇 테라바이트에 가까운 메이킹 영상 소스, 그리고 현장 스틸 작가의 엄청나게 멋진 메이킹 스틸(수천 장에 달하는)을 일일이 확인해야 한다. 그러면서 7개월간 했던 수많은 인터뷰 영상의 녹취록을 만들고, 이것들로 스페셜 메이킹의 전체 콘셉트를 만들고 몇 개의 에피소드로 구성할지 고민해야 한다. 이후에는 에피소드별 구성안 쓰기에 돌입한다. 물론 나 혼자 쓴다. OTT 다큐멘터리 시리즈 같은 걸 보면 작가가 여러 명(심지어 자료를 조사하는 인력은 따로 있다)이지만, 블루레이 서플먼트*로서의 스페셜 메이킹 영상은 제작 여건상 어림도 없는 일이다. 넷플릭스, 뭘 하니. 여기 일당백 하는 사람 있음.

    구성안을 쓰는 건 당연히 쉽지 않았다. 어느 날은 하루 종일 앉아서 컴퓨터를 들여다보다가 가슴이 너무 뛰어서 '어… 드디어

● DVD 블루레이에서 본편을 제외한 모든 부록(메이킹 필름, 배우 인터뷰 등)을 이르는 말.

부정맥?'하고 혼잣말을 해본 날도 있다. 이 결과물을 컨펌할 사람이 평범한 동네 아무개도 아니고 봉 감독이라고 생각하니 부담이 되기는 했나 보다. 이미 프랑스와 미국, 영국 등 세계 곳곳에서 〈기생충〉 DVD와 블루레이가 발매되거나 발매 예정인 상태여서 내가 작업한 스페셜 메이킹이 들어갈 한국판은 질적으로나 양적으로나 최종판이 되어야 했다. 영화 마니아들이 얼마나 눈에 불을 켜고 볼까. 편두통이 몰려왔다.

　　고민은 길게 해봤자였다. 별 수 있나? 작업을 끝내야 돈이 들어오고, 그래야 우리 세미가 좋아하는 간식 캔과 화장실 모래도 사줄 거 아닌가. '내가 재밌고 신나게 만들어야 보는 사람도 재밌을 거야'라고 스스로 세뇌해 일단 끝까지 가보기로 했다. 밥벌이의 무서움이란. 그렇게 작업을 하면서 총 10개 중 9번째 구성안을 쓰고 있던 어느 날 꿈을 꿨다. 꿈속에서 나는 한강의 그 '괴물' 말고 새로운 괴물이 나온다는 봉 감독의 신작 촬영 현장에 가 있었다. 사방에 피가 튀어 있고 모니터를 보고 있는 감독님 앞으로 거대 괴물이 왔다 갔다 하는 현장. 스태프들이 미친 듯이 소리 지르며 뛰어다니는 광경은 진정 아비규환이었다. 그 와중에 나는 모니터를 뚫어져라 보고 있던 감독님의 멱살을 잡고 흔들며 이렇게 외치고 있었다.

"그러니까요, 감독님. '크라이테리온'(DVD 블루레이 제작 명가로 꼽히는 미국 회사)에서 나오는 〈기생충〉 블루레이에는 어떤 서플먼트가 들어 있냐고요오오!"

너덜너덜해진 상태로 전체 구성안을 완성하면 이를 바탕으로 함께 일하는 편집감독이 메이킹 소스와 기타 자료, 〈기생충〉 본편 영상을 편집해서 가편을 보내온다. 그 가편을 내가 다시 일일이 확인한다. 구체적으로는 컷 길이, 인터뷰 사운드의 볼륨감과 매끄러움, 외부에서 끼어들어 오는 노이즈의 정도, 본편의 컷과 시퀀스마다 새겨져 있는 기묘한 박자 감각을 살리면서도 모든 인터뷰와 이미지를 묶어줄 수 있는 배경음악의 어울림, 색 보정이 더 필요한 부분, 화면 잘림이나 트랜지션●의 아이디어와 자연스러움을 일일이 체크한다. 처음에는 작가로서 구성안만 쓰면 될 거로 생각했다. 그러다가 내가 쓴 구성안을 가장 잘 표현할 수 있는 방법을 찾다 보니 어느새 연출을 하고 있었다.

구성에서 다소 어울리지 않는 인터뷰 멘트나 이미지 소스는 다른 에피소드로 옮기고, 에피소드마다 타이틀도 어떤 콘셉트로 할지 고민한다. 마스터본을 만들기 위해서 가편은 2차, 3차, 4

● 한 장면에서 다음 장면으로 부드럽게 전환하는 편집 기법.

차, …, N차까지 나올 수 있다. 이 작업을 하는 데 또 몇 달이 지나간다. 2020년 5월부터 가을까지 작업했던 것으로 기억한다.

내가 감독도 아니고, 극장에 걸리는 화제의 다큐멘터리를 직접 찍는 것도 아닌데, 뭐 이렇게 스트레스를 받고 신경을 쓰냐고? 그저 블루레이에 들어가는 서플먼트 하나 만드는 걸로 지나친 의미 부여는 하지 말라고? 전부 맞는 말이다. 이 일만 해서 생계가 유지되는 것도 아닌데, 한번 시작하면 단시간 내에 끝낼 수도 없는 이 일을 왜 하고 있을까? 나는 이 작업이 너무 고되면서도 참 좋다. 정말 재미있는데 너무 고되다. 작업을 하는 내내 나의 심신은 이렇게 극과 극을 오간다. 그래도 체력이 되고 기회가 닿는 한 계속하고 싶은 이유는 있다.

한 영화의 깊이는 만든 이들의 것이기도 하지만, 그 영화를 파고드는 이의 것이기도 하다. 영화 한 편을 만들기 위해 그 많은 사람이 얼마나 혼신의 힘을 다했는지, 그 현장이 얼마나 창의적인 아이디어로 넘쳤는지, 파고들면 파고들수록 발견되는 것이 있다. 만드는 이들조차 당시에는 전혀 몰랐던 흔적까지. 그런 순간을 반드시 누군가는 기록해야 한다고 믿는다. 비평의 가치만큼이나 기록의 가치도 중요하다. 그래서 나는 이 일이 일종의 영상 저널리즘에 가까운 성격이 있다고 생각한다.

스페셜 메이킹 작업이 좋은 이유는 또 있다. 일견 사소해 보이지만 훗날 한국 영화사의 중요한 순간으로 남게 될 어떤 장면에 관한 메이킹 푸티지*를 볼 수 있다는 것이다. 이게 꽤 흥미진진하다. 아니, 완전 꿀잼이다. 대개 영화 촬영 당시 현장의 상황은 메이킹 촬영팀이 찍어놓는다. 드론까지 날려가며 4K로 열심히 찍어놓았지만, 개봉 시기 영화 홍보에 사용하기에는 심각한 스포일러가 될 수 있어서 결코 쓸 수 없었던 메이킹 푸티지들은 개봉 이후 DVD나 블루레이 같은 물리매체를 만들지 않는다면 아무도 다시 들여다보지 않게 된다. 세월이 가는 내내 외장하드에만 담겨 있는 경우가 태반인데, 나 혼자 그렇게 숨겨둔 보물을 캐는 기분이랄까. 이런 보물을 캐려면 메이킹 촬영팀 막내가 피곤해서 졸다가 카메라를 휙 떨어뜨렸는지 갑자기 땅바닥이 보이는 영상, 사운드는 나오는데 화면은 까만 경우 등 여러 쓸모없는 푸티지를 걸러내야 한다. 현장 메이킹 푸티지나 메이킹 스틸에 찍힌 감독이나 배우, 스태프는 그때 자기 모습을 스페셜 메이킹을 통해 처음 보는 경우도 많으니, 이런 푸티지는 추억이자 증명이며 자산이 된다.

    스페셜 메이킹을 만들었다고 업계에 영향력을 떨치지는 않는다. 블루레이를 사는 사람들만 볼 수 있는 특수영상이고 이 작업

---

* 숏, 신, 시퀀스 등 일정한 길이의 필름. 미편집본 또는 미완성본을 의미하기도 한다.

을 아는 사람조차 극히 적다. '〈기생충〉 블루레이 스페셜 메이킹'을 만든 이후 내 삶에 어떤 변화가 있었던 것도 아니다. 여전히 많은 사람이 내가 무슨 일을 하는지 모른다. 나는 여전히 같은 일을 하고, 여전히 끙끙대며 일한다. 하지만 내가 좋아하는 이 일에서 지금까지 없었던 규모의 프로젝트를 끝까지 완성하면서 어떤 종류의 한계를 넘어섰다는 것만은 분명하다.

내가 이 일을 할 수 있었던 이유는 종이 매체와 방송 매체를 거치면서 프리랜서 영화 저널리스트 겸 구성작가로 살고 있었기 때문이다. 웹진 편집장으로 일하거나 기획하고 인터뷰할 때는 프리랜서 영화 저널리스트로서 책임감을 입고, 영상 작업을 하며 클라이언트의 요구를 수용해야 할 때는 업자로서의 마인드를 꺼내놓는다. 어쨌든 지면과 영상을 모두 경험했던 시간은 결국 내 안에 어떤 형태로든 응축되어 나만의 영역으로 남아 있다. 내가 통과한 시간 중에 필요 없고 쓸데없는 시간은 없다고 믿는다.

엄마,
약 좀 그만 팔아

　엄마가 고관절 수술을 하고 재활병원에 입원해 있을 무렵이었다. 나는 사흘에 한 번 엄마의 약국에 가서 환기도 하고 엄마가 매일 보살피던 화분에 물을 주고 우편물을 챙겼다. 성경책, 칫솔, 빗, 안경집 등등 엄마가 필요하다고 하는 것들도 틈틈이 병원에 가져다주었다. 엄마가 다치기 전에는 대로변에 있는 약국이 매일 열려 있었기 때문에 우체통이 따로 필요 없었다. 약국이 계속 잠겨 있으니 우편물이 범람했다. 우체부 아저씨가 유리문 틈 아래로 우편물을 다 밀어넣지 못해서 약국 문 사이에 위아래로 끼워놓고 가기도 했다. 아무도 가져간 사람은 없었다는 게 신기하다. 어차피 뜯어봐도 각종 청구서나 약국 관련 소식지 같은 것뿐이었지만.

　처음 갔을 때는 몰랐다. 몇 번 가보고 나니 엄마가 없는 약국은 맑은 날씨에 통창으로 빛이 들어와도 왠지 어두웠다. 올 때마다 물을 주는데도 화분의 철쭉이 시들시들했다. 엄마가 있을 때는 한겨울 추위에도 믿기지 않게 만개해서 "너 혼자 봄이냐?" 했었는데. 무엇보다 약국의 온갖 집기가 새록새록 눈에 들어왔다. 사면의 진열장에 차 있고 바닥에도 쌓아둔 저 많은 약과 조제약 포장지. 오래된 앉은뱅이 의자와 책상, 동생이 사줬다는 컴퓨터 모니터와 허리 보호 기능성 사무용 의자, 책상과 낡은 청소도구들. 두툼하게 쌓아놓은 《약사공론》 신문과 때 지난 각종 청구서. 판매용 허리벨트와 각종 보호대가 걸려 있는 진열대. 팔려고 사놨지만, 안 팔린 환자용 기저귀들.

조제실로 들어가면 보이는 건 약 포장기계와 약절구, 역시 빽빽하게 놓여 있는 각종 처방약 통. 내가 인터넷으로 구입한 후 조립 서비스를 받아 간신히 넣어놓은 소파베드와 그 위를 덮은 무릎담요, 그 옆에 간이 변기. 벽에 붙은 싱크대에 놓여 있는 이런저런 컵과 그릇들. 설거지용 수세미와 세제. 엄마의 치약, 칫솔과 화장품, 손거울. 다른 쪽 벽에 아직 정리하지 못한 아버지의 법학 및 행정학 관련 서적들. 언제 거기 꽂혔는지 모르겠는데, 내 첫 직장이었던 월간지 《프리미어》의 과월호 몇 권. 이사하면서 남겨놓은 옛날 앨범들. 그리고 엄마의 사계절 외투들이 걸려 있어 쓰러지기 일보 직전인 옷걸이가 있었다.

개업할 때부터 엄마의 약국은 땅 문제로 뒷집과 마찰이 있었다. 이 조제실은 40여 년 전 부모님이 뒷집과의 민사소송을 거쳐 찾은 땅에 지어졌다. 법을 공부한 공무원 아버지가 가족을 위해 거둔 작은 승리였다. 조제실이 되기 전에 이곳은 작은 방이었다. 그 방에서 나와 언니, 동생이 공부하고, 책 읽고, 간식 먹고, 싸우며 지냈다. 그러다가 아빠와 엄마에게 다리 몽둥이가 부러질 정도로 회초리로 맞기도 하면서. 내가 고등학생이던 시절과 사회 초년생이던 시절에 약국의 인테리어를 바꾸면서 방을 없애고 조제실로 만들었다. 이제는 쥐가 들어올까 봐 벽을 막고, 물이 샐까 봐 외부 차양을 대야 하는 낡은 공간이 되었지만.

조제실을 나오니 다시 보이는 건 재약정을 한 지 얼마 안 됐다는 정수기다. 중고 가전 매장에 같이 가서 내 카드로 결제한 후 20년도 넘게 써서 냉장 기능이 시들시들해진 업소용 냉장고도 있다. 40년은 되어 보이는데 아직도 고장 나지 않아 쌍화탕이 후끈해지는 온장고, 코로나19 때 일선 약국들이 정부의 지원으로 각 지역 약사회를 통해 받은 스탠드형 체온기, 언니가 렌털 비용을 내준다는 세스코 공기살균기, 에어컨과 선풍기, 벽걸이형 TV와 까만 대형 쓰레기통 두 개까지 스르르 눈에 들어온다.

엄마가 메모지에 적어서 붙여놓은 중국집, 세탁소, 김밥집, 미용실 등 온갖 동네 가게의 전화번호. 잊어버리지 않게 적어둔 거래처 담당자 연락처와 은평구 약사회 관련 연락처, 가족들 전화번호. 오래된 성경 구절 메모. 1990년대에 있었던 일이라 기억도 가물가물한 언니 결혼식 때 예물로 맞춘 한복을 곱게 입고 찍은 엄마의 독사진 액자. 그 옆에 오래전 엄마와 함께 근무했던 약학대학 시절 '천재 후배' 구절자 약사님과 함께 찍은 사진. 오랫동안 써온 여러 가지 수첩과 간이세금계산서. 가위, 칼, 풀, 계산기, 볼펜, 매직, 클립, 압정, 메모지, 스카치테이프 같은 문구들…. 그 밖에도 서랍장 안을 뒤지면 나오는 엄마의 오래된 화장품과 온갖 옛날 물건들, 서류들.

다 옮겨 적으려면 숨 가쁘게 많은 것이 건평 11평, 실평수 9평의 약국 안에 있었다. 50년을 한 장소로 출근했던 엄마의 인생과 나의 어린 시절, 드문드문 필요한 집기들을 장만해 드렸던 자식들의 노력, 엄마가 약국에서 만났던 수많은 이의 호흡과 사연 같은 것들도. 그때 알았다. 엄마는 이 공간을 쉽게 포기하기 어렵겠구나. 나도 이런 공간을 원했구나. 자기 일을 하는 사람이라면 누구나 그렇겠구나. 그런데 만약 이 모든 것을 치우는 날이 오게 된다면 이걸 다 어떻게 치우지?

엄마가 다친 후, 나는 엄마가 약국을 정리하기를 원했다. 제발 좀 그만했으면. 아버지 대신 오래도록 이자만 내면서 고통스럽게 끌어안은 빚과 밀린 약값, 세금, 카드값 때문에 매달 끙끙대는 일을 그만했으면. 여행도 가고, 책도 읽고, 좋아하는 그림도 그렸으면. 친구들도 만나면서 교회도 즐겁게 다녔으면. 이제는 부디 한가롭게 지냈으면. 더 이상 우리가 엄마를 돕느라 지칠 일도 없었으면. 내 마음속에 있던 이런 온갖 생각을 한마디로 정리하면 결국 이 한 문장이었다.

"엄마, 약 좀 그만 팔아."

지금은 엄마가 고관절 수술 후 약국을 다시 연 지 3년째다. 약국을 시작한 지 50년째이기도 하다. 엄마는 얼마 전 약국이 자리한 구역의 재개발과 관련해 설명회에 다녀왔다. 혼자 갈 수가 없어서 안 가려고 했더니, 재개발추진위원회인지 주민센터인지 둘 중 한 군데에서 사람을 보내왔단다. 엄마의 약국이 있는 구역에 28층 아파트 단지가 들어서는 개발계획이 있다고 했다는데, 그래서 그 설명을 들어야 했던 모양이다. 대체 언제 그렇게 될지는 모르겠지만.

수색동과 증산동 일대가 근 15년에 걸친 개발 사업 때문에 이리저리 파헤쳐지고 있다. 엄마의 약국을 둘러싼 3면은 이미 신축 아파트가 온통 들어섰다. 원주민조차 엄청난 대출 없이는 들어갈 수도 없다는 고가의 브랜드 아파트들. 구청 홈페이지에 들어가 검색해 보니 재정비 구역, 재개발 구역, 재개발 촉진 구역, 존치 구역

등 온갖 용어가 수색동을 둘러싸고 있다. 엄마의 약국이 있는 구역은 재개발 촉진 계획 변경 용역이 진행 중이다. 설명회에 다녀온 날 이후 엄마는 일일연속극을 보다가, 아침 식탁에 앉아서, 문득문득 말한다.

"내가 약국을 안 하면 뭘 하지? 나는 무슨 쓸모가 있지?"
"엄마. 아직 일어나지도 않은 일이야. 그리고 할 거 많아요. 지금부터 준비하면 되지."

옆에서 아무리 말해도 엄마의 머릿속에는 그려지지 않는 것이다. 약국 일 말고 다른 일, 약사가 아닌 다른 모습이. 언젠가는 다가올 일, 언젠가는 내려놓아야 할 것이지만 아직은 그럴 수 없는 일과 공간이 애달프다. 이별은 쉽지 않을 것이다. 미련은 힘이 셀 것이다. 그리움은 더 강력할 것이다. 그래도 바란다. 다가올 날을 한탄만 하지 않기를, 잘 내려놓을 수 있기를, 새로운 나를 그려보기를. 나 또한 그렇기를.

약국 문을 닫으며

아침 10시. 엄마를 출근시키며 엄마 어깨 너머로 들여다보았던 약국 유리문 안. 이제는 나 혼자 들여다본다. 미세먼지가 앉아 뿌예진 유리문 너머로 낡은 집기들이 보인다. 진열대에 올려져 있는 약상자들도.

약국에서 약속이 있다. 엄마의 거래처 중 하나인 S 제약회사에서 담당자가 온다. 약국에 남아 있는 약들을 반품하기 위해서다. 이런 제약회사와 도매상 담당자를 앞으로 네다섯 명은 더 만나야 한다. 그들을 만나서 반품한 약값을 해당 제약회사 거래 잔고에서 제해야 한다. 그 후에야 엄마가 거래하던 여러 제약회사, 도매상에 남아 있는 전체 잔고를 파악할 수 있다.

점점 힘들어지는 업무 때문에 엄마가 최소한의 거래처를 두고 약국을 운영해 왔다는 것은 알고 있었다. 이렇게 정리하게 되리라고는 생각하지 못했지만. 그나마 많지 않던 거래처인데도 연락하고 챙길 것은 꽤 많다. 재고를 반품하고 폐업 신고를 하고, 남아 있는 잔고 상환 계획을 세우고…. 엄마가 없는 자리에서 엄마가 남긴 것들이 티를 낸다.

엄마가 돌아가신 날, 헌법재판소에서는 대한민국 대통령에 대한 두 번째 탄핵이 인용되었다. 아침에는 환호, 저녁에는 통곡. 엄마의 장례식에 왔던 이들 대부분이 그래서 더 기억될 날이라고 입을 모았다.

"참 건강하셨는데. 아니, 어쩌다가?"
"갑자기 감기가 심해지셔서 입원했는데 폐렴이 급격하게 진행되셨어요."

지난 몇 달간 이 대화를 몇 명과 몇 번이나 했는지 셀 수 없다. 불과 2주일 만의 작별이었다. 엄마의 폐 상태가 급속도로 나빠져도 응급환자로 분류되지 않는 의료 대란 상황. 길에서 생명이 타들어 가는 사태의 심각성을 내가 직접 겪고서야 실감했다. 엄마가 병원을 네 군데나 돌다가 겨우 들어간 종합병원은 처음 간 병원에서 지하철로 겨우 한 정거장 거리에 있었다.

입관식에서 눈 감은 얼굴에 평온하고 은은한 미소를 띠고 있던 엄마에게 인사했다.

"엄마, 이제 놀아요. 하늘에서 아빠 만나서 실컷 놀러 다녀요. 약국 걱정은 하지 말고."

말은 그랬지만, 그렇게 될지는 모르겠다. 약국의 재고 정리를 도와주신 엄마의 후배 약사님이 이렇게 말씀하셨기 때문이다.

"약사들이 하여간 그래요. 밖에서 누굴 만나거나 무슨 행사를 가더라도 항상 마음이 불편해. 빨리 약국에 가야 할 것 같고. 그 좁은 약국 조제실 안에 있는 게 마음이 더 편하고."

하늘에서도 발을 동동 구르며 약국에 가고 싶다고 하는 건 아니겠지. 나는 또 엄마가 은근히 걱정된다. 아니, 더는 엄마를 걱정하기 싫다. 걱정하지 않겠다. 걱정하지 않는다. 사실 걱정할 필요는 없다. 그 밤 신촌세브란스병원 장례식장에 하필이면 빈소가 가장 큰 특실만 남아서 의도치 않게 효심 깊은 유족이 되었는데, 덕분에 엄마는 찾아온 이들이 엄지를 들어 올릴 만큼 맛있는 식사를 대접할 수 있었다. 나의 친구들, 지인들도 인증했다. 여태 장례식장에서 먹어본 것 중에서 손에 꼽히는 '한국인의 밥상'이었다나. 나름 '장례식 플렉스'를 누렸으니, 이 정도면 엄마도 싫지 않았을 것 같다.

엄마와 거래한 제약회사와 도매상 담당자들, 약국의 단골손님들은 대부분 나이가 지긋하셨다. 약국을 정리할 때 그분들이 찾아준 것도 많다. 나도 어디 있는지 몰랐던 엄마의 오래된 매출장부, 십수 년간 이어진 엄마의 거래 방식, 그분들과 주고받은 엄마의 어떤 시절 등등. 모두 고맙고, 감사하다.

"산 사람은 살아야지"라고들 한다. 그 정도가 아니다. 가족의 죽음을 겪은 이들은 알겠지만, 산 사람이 살아서 해야 할 뒤처리는 너무 많다. 특히 영업장을 남겼다면 더더욱. 엄마의 약국을 치우고 하나씩 정리해 나가야 한다. 폐업 신고를 하고 상속 신고를 하고 이사를 하고. 아무튼 새로운 시작을 맞이해야 한다. 햇수로 51년. 약사로 살았던 엄마의 시간이 내려앉은 약국에 이제 작별을 고한다.

고관절을 다친 후 엄마가 나와 함께한 시간은 2년 11개월이다. 20년 11개월이라도 되는 양, 마치 끝나지 않을 시간 속에 갇힌

듯이 굴었던 2년 11개월이 지나갔다. 앞으로 나의 삶에서 때때로 기억될, 미련하고 사나웠지만 애썼던 시간. 아침 밥을 먹을 때, 저녁 7시 반 무렵 퇴근길의 사람들을 볼 때, 카카오맵 평점 1점을 볼 때, 세상의 모든 약국을 지나칠 때 종종 엄마를 떠올릴 것이다. 아프지만 나아갈 것이다.

    우리는 서로 할 일을 했다. 이제 각자의 하늘과 땅에서 열심히 놀아도 된다.

잔소리 약국

ⓒ 김혜선

초판 발행 2025년 11월 17일

지은이 김혜선
기획 김성신, 김윤정
책임 편집 이현호
표지 그림 이이오
이모티콘 개발 김은지
디자인 와이젤리
저작권 프리스 에이전시

펴낸곳 도마뱀출판사
펴낸이 조동욱
등록 제2007-000083호
주소 03057 서울시 종로구 계동2길 17-13(계동)
전화 (02) 744-8846
팩스 (02) 744-8847
이메일 aurmi@hanmail.net
블로그 http://blog.naver.com/ybooks
인스타그램 @domabaembooks

ISBN 979-11-93617-04-5 03810

＊책값은 뒤표지에 있습니다.
＊잘못 만들어진 책은 바꿔 드립니다.